I0639088

LES
MASQUES NOIRS

OU

LE CHIRURGIEN DE BAR-SUR-SEINE

(1815.)

Par M. Amédée AUFAUVRE.

Châtillon-sur-Seine,

F. LEBEUF, Imprimeur-Libraire.

Troyes,

DUFEY-ROBERT, rue Notre-Dame. — VARLOT, rue de la Cité. —
FÈVRE, rue Moyenne.

Bar-sur-Seine,

DOUSSOT, Libraire.

LES
MASQUES NOIRS

OU

LE CHIRURGIEN DE BAR-SUR-SEINE,

CAUSE CÉLÈBRE DE L'AUBE.

(1845.)

PROLOGUE.

Du 25 janvier au 15 juin 1814, la vallée de la Haute-Seine, entre Châtillon et Bar-sur-Seine, fut occupée par les éléments hétérogènes de l'armée d'invasion.

Le 23 janvier, le prince de Hesse-Hombourg, commandant une partie de l'avant-garde de la grande armée autrichienne, mit le pied dans l'enceinte démantelée de la ville de Bar. Les habitants, jugeant ce qu'avait d'impossible une résistance limitée à des ressources locales de peu de valeur, laissèrent l'ennemi s'emparer, sans combat, de la ville qui n'était protégée par aucun corps d'armée.

Ils se souvenaient des funestes conséquences qu'avaient eues, pour leurs ancêtres, la guerre anglaise et cette guerre civile dont la Ligue et les Huguenots portaient le drapeau. Bar, pris, repris, brûlé, pillé de siècle en siècle, par un parti, par un autre, au nom du Roi, au nom de la Religion, par le Français, par l'Anglais, par le soldat régulier, par le soldat de fortune, avait démoli les fortifications sur lesquelles étaient inscrites les tristes dates du passage de Jean-sans-Peur, de Charles-le-Téméraire, de Pierre de Bauffremont, du sire de Châteauvillain et du duc de Guise.

Le fier château des comtes de Bar et de Champagne,

sur lequel il n'y avait plus de braqué qu'une inoffensive horloge, n'était pas de nature à servir de point de défense.

Cependant, le 25 janvier 1814, les échos des monticules de Bar, depuis si longtemps muets, tressaillirent d'un bruit de combat, écho, hélas! bien affaibli, de ces retentissantes batailles du moyen-âge. Les braves gardes nationaux bourguignons, qui montrèrent tant d'énergie pendant l'invasion de 1814, s'étaient repliés de Dijon sur Bar-sur-Seine.

Obligés de céder au nombre, ces nouveaux guérillas, armés par le sentiment national, tirèrent leur dernier coup de feu sur les bataillons autrichiens qui prenaient possession de la ville frontière de l'ancien comté de Champagne et du duché de Bourgogne.

Cette mousqueterie du désespoir impuissant fit mordre le sol à plus d'un soldat de l'Autriche. — Et ce fut tout. Cette poignée de Dijonnais, ligueurs patriotes, s'effaça des hauteurs qu'occupait le château des comtes de Bar, et l'ennemi, enseignes déployées, entra triomphalement dans la ville.

Pendant cinq mois, les armées russes, prussiennes et autrichiennes firent de Bar-sur-Seine leur quartier général. L'empereur Alexandre, le roi de Prusse, l'empereur François d'Autriche et Platow, l'insolent hetmann des Cosaques, séjournèrent plusieurs fois dans la ville. Bar n'éprouva qu'une partie des misères dont Troyes, Nogent, Arcis-sur-Aube, Méry furent victimes. Mais du haut des collines qui commandent la plaine, ses habitants purent voir l'incendie couronner Polisot, les Riceys, Mussy et les villages des environs. L'écho des douleurs que les pays voisins enduraient, arrivait chaque jour de ces cinq mortels mois aux oreilles des habitants de Bar, comme une menace; on oubliait les vexations et les outrages, les réquisitions et les pillages partiels, les fuites dans les bois d'une partie des habitants, en présence des misères de Polisy, de Polisot et des épouvantables catastrophes dont chaque clocher champenois était le théâtre.

Toutes les facultés, toutes les pensées étaient tournées vers la délivrance. Les liens de patrie, de famille et d'amitié se resserraient sous l'influence du malheur commun. On applaudissait aux victoires de ces héroïques soldats de l'Empire agonisant, vieux grognards et jeunes recrues qui s'avançaient sous les plis déchirés et noircis du drapeau tricolore; on avait le cœur gonflé d'imprécations, en face de cette soldatesque ivre d'insolence et de vin. La vie ordinaire, avec ses petites préoccupations, ses besoins, ses calculs, s'était effacée des habitudes. On souffrait, on entendait, on voyait souffrir, et l'on se demandait quand finirait ce long martyr national, mélange intolérable d'abaissement patriotique et de souffrances physiques.

Ce grand tableau, presque sans ombres, avait ses taches : à côté de l'instinct général veillaient quelques passions basses et difformes, s'isolant du sentiment public et cherchant, dans le malheur de tous, des combinaisons lucratives, dans lesquelles le crime avait un rôle encore indéfini, mais marqué comme une fatalité extrême à laquelle on était résigné.

C'est ainsi que quelques gens, dans les pays labourés par l'invasion étrangère, utilisèrent les bribes d'un allemand frelaté pour s'associer aux maraudes et aux vols militaires des soldats de la coalition. — Heureusement, ils furent rares, et les souvenirs des habitants ne furent pas embarrassé en dressant la légende de ces misérables.

Or, les alliés étaient établis à Bar-sur-Seine, quartiergénéral d'une partie de leurs armées. Un hôpital y fut ouvert pour y recevoir les soldats maltraités par les balles françaises.

Les généraux firent appel à la science des médecins de la localité, et installèrent une administration, de concert avec les autorités de Bar-sur-Seine.

Un médecin de la ville, savant et estimé, y exerça les fonctions de chirurgien.

Un artisan habile, réduit à l'inaction, par suite de la guerre, divint économe.

Sans emploi déterminé, mais attaché pourtant à l'ambulance, se trouvait un robuste ouvrier tanneur.

C'était le docteur qui avait désigné et choisi pour subordonnés l'artisan et le tanneur.

Entre ces trois hommes réunis dans des circonstances très-naturelles, il allait bientôt existrer quelque chose de mystérieux et de terrible.

I. — LA RENCONTRE.

Remontons à quelques mois en arrière.

En 1813, un homme d'environ 45 ans, mais d'une complexion vigoureuse qui n'en attestait guère que 30 ou 40, se promenait mélancoliquement sur les quais du Louvre.

Bientôt il vint s'accouder sur le parapet et il se prit à considérer la rivière avec une expression indéfinissable de rêverie et de tristesse ; quelques soupirs s'échappaient de sa poitrine, et nul doute qu'un observateur, se piquant de sagacité, n'eût eu la pensée que cet homme songeait à quelque funeste projet.

Il n'en était rien cependant.

Disons tout de suite ce qu'était cet homme.

Originaire de Bar-sur-Seine, ouvrier bijoutier, et luttant à Paris contre la mauvaise fortune, il avait eu plus d'une occasion de désespérer du succès. Cependant il acceptait, résigné, les épreuves du sort.

Au moment où nous le rencontrons sur le quai du Louvre, il venait d'achever son repas, repas modeste consistant en un morceau de pain et une poignée de pommes de terre.

Il remplissait l'heure consacrée au repas par la contemplation de la Seine. Il songeait que ces eaux rapides, se déroulant en nappes fougueuses et écumantes, avant de battre les piles des ponts et de baigner les murs du quai, avaient commencé par suivre les méandres capricieux des grèves altérées de son pays.

Toute la ville natale surgissait, pour ainsi dire, au milieu de ce miroir liquide.

Notre-Dame et ses côtes boisées, la Commanderie d'A-valeurs, l'église dont l'abside se mire à gauche dans les eaux déjà fortes du fleuve croissant, lui apparaissaient avec ce charme de perspective que le souvenir donne aux objets absents. Il entendait le moulin, dont les roues fouettées par les lanières d'un vannage infatigable, donnaient la parole au babillard, qui, comme le grillon, martèle une note unique et monotone.

Il voyait les côtés du versant qui conduit aux bouquets de bois de Bar-sur-Seine, hérissés de ceps de vignes et peuplés de vignerons. Cet ensemble, frais et rustique, assombrissait encore, aux yeux du bijoutier, les brumes de Paris.

Ce n'était pourtant pas la première fois que ces bouffées de nostalgie lui montaient au cerveau dans la solitude si peuplée de Paris. Mais jamais elles n'avaient eu plus de persistance et de ténacité.

Enfin, l'ouvrier orfèvre quitta sa posture en homme qui a décidé quelque chose, et il s'enfonça dans une ruelle assez malpropre, pénétra dans une maison à quatre étages, dont il n'oublia pas une seule marche, et il entra dans une petite chambre où deux ou trois enfants étaient réunis.

— Mes amis, c'est décidé, car je ne peux plus y tenir.

Les enfants ouvraient de grands yeux étonnés.

— Parbleu, vous ne comprenez pas ! Je veux quitter

Paris, vous emmener : l'air est malsain dans ce grand
refuge de toutes les misères ; tout ce qui souffre y est laid
ou repoussant. En province, le malheur n'a pas d'hypo-
crisie, l'indifférence ne le coudoie pas, et il est sûr de
trouver des cœurs ouverts. Allons, décidément, nous ga-
gnons Bar-sur-Seine.

— Qu'y faire? demanda l'aîné des enfants, qui commençait à raisonner.

— Dame, dit le père embarrassé, nous verrons.

— La bijouterie donne bien peu à Paris, que voulez-
vous qu'il y ait en Bourgogne?

— Bah! dans son pays on trouve toujours le moyen
d'intéresser à soi ; on a des connaissances, et si l'on ne
vit pas de la forge et de l'atelier, on trouve autre chose.

— C'est bien décidé ?

— Très-décidé. En regardant, ce matin, couler la
Seine, je me disais : voilà la rivière de chez nous, elle a
vu Bar, et ma foi ça m'a remué..... Je vais faire comme
elle. Ainsi, les enfants, plions bagage. Ce n'est pas embarrassant, et en route.

— En route! répétèrent les enfants en chœur et tout
joyeux de se mettre en voyage.

Quelques semaines après, l'orfèvre et sa famille des-
cendaient à la maison paternelle, comptant sur une de
ces chances dorées qu'espèrent si souvent les joueurs et
les malheureux.

Mais la fortune avait l'oreille dure. Elle ne se hâtait
pas de répondre aux secrètes invocations du bijoutier.

On était au mois d'octobre. Bar-sur-Seine, petit chef-
lieu moitié cité, moitié vignoble, était vivement occupé
de sa récolte de vin. Des pronostics et des comparaisons
jaillissaient dans les conversations engagées entre les
journaliers et les propriétaires. Les pressoirs en jeu faisaient crier leurs écrous sur les pas de vis et vomis-
saient le vin par les rigoles qui dégorgeaient dans de
vastes baquets.

La nuit commençait à venir. L'orfèvre, découragé, se
promenait oisif au milieu de cette activité joyeuse. De
gros soupirs étouffés sortaient de sa poitrine oppressée.
Il pensait au lendemain, qui ne paraissait pas devoir
être plus brillant que la veille, et il commençait à mau-
dire *le mal du pays* qui l'avait ramené dans sa ville natale.

Tout à coup, une main s'appesantit sur son épaule.

Brusquement saisi par cette familiarité inattendue, le
bijoutier tressaillit en se retournant.

— Qu'est-ce donc ? dit-il à l'homme qui venait de le
toucher. — Il faisait nuit et l'on distinguait à peine.

— Bah! tu ne me reconnais pas mieux que cela? répliqua une voix joyeuse, mais d'un timbre un peu dur.

— Attendez donc.

— Un ami!

— C'est vrai, c'est monsieur...

Le survenant mit la main sur la bouche de son interlocuteur.

— Il n'y a pas de monsieur..., il y a deux amis qui se retrouvent.

Une poignée de main échangée compléta la pensée commune des deux passants.

L'ami prit le bras de l'ami, et tous deux ils se mirent à parcourir le pavé inégal et souvent absent de la Grande-Rue de Bar-sur-Seine.

— Mais comment diable te trouves-tu à Bar?

— La chance ne me tournait pas à Paris.

— Et ici? dit avec intention le dernier venu.

— Ici, c'est comme à Paris.

— Voyons, ce n'est pas un gémissement de marchand? Ils trouvent tous que le commerce ne va jamais, et ils font fortune en pleurant.

— Oh! quant à cela, la fortune et moi ne passerons jamais par la même porte, dit l'orfèvre d'un ton accablé.

Son interlocuteur garda le silence et sembla réfléchir en regardant son ami d'une façon singulière.

— Qui sait?

Cette voix avait une telle intonation, qu'on n'aurait pu démêler si c'était l'accent de la conviction ou celui du persiflage.

L'orfèvre en parut frappé.

— Comment cela? répliqua-t-il.

— Que te faut-il pour te mettre en bon chemin? Peu de chose : de l'argent, de la besogne, des pratiques. Qu'est-ce qui ne se procure pas un peu d'argent avec de la volonté?

— Moi d'abord. Voici des années que je le veux et que j'y travaille. Mais bast! c'est après comme avant. Les doublures...

— Eh! eh! dit avec un gros rire l'ami du bijoutier, on peut les garantir en empêchant qu'elles ne se touchent.

— Il faudrait que je crusse aux miracles, aux sorciers.

— Ou aux amis.

— Brrr!... c'est tout un.

— Merci de la politesse.

— Excepté les amis présents.

— Eh bien, je prends la balle au bond, je te donnerai un coup d'épaule.

— Vrai?

— Je vois, à la question, que tu doutes encore.

— C'est si rare !

— A une condition, pourtant.

— Accepté d'avance.

— Tu te risques peut-être, dit en riant celui qui offrait ses services. Seulement ce rire n'était pas celui de la gaieté, il ressemblait à une contraction.

L'orfèvre n'y prit pas garde.

— Que diable veux-tu donc que je risque? position, fortune, travail, je n'ai rien à perdre.

— Il faut bien rire.

— Excepté...

— Je te comprends... Excepté de mes promesses. Vrai, je veux sérieusement t'être utile, et tu verras que j'y parviendrai.

En ce moment, les deux promeneurs se trouvaient devant une maison d'assez bonne apparence.

— C'est ici que j'habite, mon vieux, et il faut que je te quitte, mais compte sur moi, et à bientôt, dit le camarade de l'orfèvre.

Une nouvelle poignée de main fut échangée, et les deux causeurs se séparèrent.

L'orfèvre rentra, en sifflant une fanfare, dans son modeste domicile.

Il avait trouvé un ami !

Cette conversation lui avait donné du cœur ; il se coucha de bonne humeur, et dans ses rêves il voyait sa forge allumée, des lingots sur son établi ; aux vîtres d'une devanture fraîchement peinte, des chaines d'or, des croix à la Jeannette flottant par le bout de leurs rubans de velours. Il avait des montres pleines de bagues, d'épingles, de tabatières et de couverts.

Il avait suffi d'une parole et d'une promesse.

II. — PRÉLIMINAIRES.

Quelque temps après la rencontre que nous venons de raconter, il était question, à Bar-sur-Seine, d'une maladie fort grave dont venait d'être atteinte une femme du nom de Morel.

Cette femme était affectée d'un cancer au sein. A l'induration indolente qui caractérise le commencement de ce terrible mal, avait succédé une inflammation progressive des parties environnantes. L'engorgement, au lieu de disparaître sous l'influence d'un traitement administré avec intelligence, s'était aggravé. La désorganisation était manifeste, et il n'y avait plus de tentative possible, autre qu'une opération.

Un médecin de Bar-sur-Seine, réputé pour son habileté, donnait ses soins à la femme Robert.

Il décida qu'une extirpation était indispensable.

Il avait besoin d'un aide. Il chercha un homme de sang-froid et de courage qui voulût bien l'assister. Peu de gens se souciaient de mettre leur sensibilité à l'épreuve du spectacle d'une pareille opération, et d'ailleurs la volonté pouvait être vaincue par l'influence d'une émotion puissante.

Il fallait donc quelqu'un sur qui l'on pût compter.

L'orfèvre que nous venons de voir revenir à Bar-sur-Seine fut choisi pour assister le médecin.

La réputation de fermeté qu'il s'était acquise fut justifiée. La femme Robert poussa des cris de détresse à amollir le plus ferme courage, quand le scalpel du médecin pénétra dans les détritus de la matière cérébriforme qu'il s'agissait d'enlever. Des contractions nerveuses, des spasmes, une pâleur livide, en un mot tous les signes extérieurs de la douleur humaine manifestée à son plus haut degré, rien ne put ébranler la fermeté de l'aide du médecin. Vainqueur des angoisses qui l'agitaient, il maintint trois heures durant l'appareil.

Le médecin, émerveillé de ce courage impassible, témoigna hautement son estime à l'artisan.

Ce n'était pas, d'ailleurs, la première fois qu'il utilisait l'énergie de l'ouvrier. Avant qu'il eût quitté Bar pour tenter la fortune à Paris, il avait eu plusieurs fois l'occasion de juger de son sang-froid.

A Bar-sur-Seine, on parla longtemps de cette opération et de ses circonstances.

Mais un sujet plus grave vint bientôt absorber les esprits.

Les alliés étaient à la frontière, et ils avançaient rapidement vers Paris en passant par la Bourgogne et par la Champagne.

Il se passa à Bar ce qui se produisit partout. Chacun cacha ses objets de prix dans les endroits les plus secrets de sa maison. Les plus riches ne furent pas les moins embarrassés.

Parmi ceux-ci, se trouvait un ancien notaire dont la maison était située dans la Grande-Rue de l'Hôtel-de-Ville ; c'était un homme fort avancé en âge, et qui, sem-

bl· le à la plupart des vieillards, croyait prudent de
f· e des économies.

'ancien notaire ne put, à cause de son âge, cacher
i-même son argent et ses valeurs. Il en chargea sa
/elle-fille.

Il lui remit quatre étuis contenant la somme de dix
mille francs en or. Enveloppés de grosse toile et cousus,
ces étuis furent déposés en terre, et personne, si ce n'est
l'auteur de la cachette, ne sut l'endroit où l'or fut caché.

Les armées alliées entrèrent à Bar-sur-Seine où, pendant près de cinq mois, elles rançonnèrent la population.

Un hôpital militaire fut établi à Bar-sur-Seine, et à la
tête du service médical et administratif se trouvèrent
trois hommes, un médecin, un ouvrier habile et un robuste compagnon tanneur.

Le médecin était le même que celui qui avait pratiqué
l'opération sur la femme Robert ; l'ouvrier habile, c'é-
tait l'orfèvre inoccupé qui avait quitté Paris pour revenir
à Bar-sur-Seine.

Quant au troisième, c'était un homme d'une taille moyenne, dans la fleur de l'âge et de la force, — il avait
32 ans. — Sa physionomie, sans relief particulier, se
distinguait par un teint de vermillon, un modelé charnu
et sensuel. Au demeurant, c'était un solide compagnon
d'une médiocre intelligence, d'une moralité facile et
d'une vigueur peu commune.

Après quelques jours de résidence à l'hôpital, l'orfèvre
quitta son emploi d'économe qui l'obligeait à respirer un
air corrompu, le tanneur seul resta pour seconder le médecin, et surtout pour se livrer à un trafic assez lucra-
tif avec les soldats de l'armée d'invasion.

Enfin, les alliés quittèrent Bar-sur-Seine, et tout y rentra dans les conditions ordinaires.

Ce qui précède n'est pas superflu pour expliquer ce qui
va suivre. Ce n'est pas un roman que nous racontons :
tout, au contraire, jusque dans les moindres détails, est
de l'histoire judiciaire, et c'est la procédure sous les
yeux que nous groupons les faits.

III. — LE JARDIN DE LA RUE THIERRY-MOREL.

La rue Thierry-Morel, à Bar-sur-Seine, à l'époque où
se passait l'histoire que nous transcrivons, était plutôt
une ruelle qu'une rue. Elle servait de sortie à tous les
jardins qui y étaient établis. Peu passante, pour ne pas
écrire déserte, sans maisons, pour ainsi dire, et partant

sàns habitants, elle était toujours fort paisible. O s'y livrait à la culture des espaliers et des légumes. Les fl rs avaient çà et là leur coin réservé, comme il convient a x jardins d'amateurs où le délassement entre en premiè ligne.

Vers le 25 octobre 1814, deux individus devisant jardinage et discutant, entre autres choses, le mérite des plantations en choux d'Yorck, se dirigeaient vers la rue Thierry-Morel. L'un portait au bras un panier vide, l'autre balançait à la main un trousseau de clés. C'était, comme on voit, un motif fort naturel qui conduisait, en apparence, les deux hommes dans la ruelle. Rien d'insolite, au surplus, dans l'époque : octobre est le mois dans lequel les gens prévoyants commencent à préparer leurs plans d'améliorations.

Arrivés à la porte d'un jardin, les deux hommes l'ouvrirent. L'un d'eux, qui semblait servir d'introducteur à l'autre, regarda néanmoins avec une certaine attention autour de lui, puis il entra tirant la porte après lui..

Au lieu de s'arrêter devant les plantes semées sur la route, il poussa droit à un petit cabinet, destiné d'habitude à emmagasiner les outils et à mettre les plantes délicates à l'abri des gelées.

Contre l'ordinaire, dans une saison qui donne encore quelques beaux jours, ce cabinet était clos hermétiquement. Le volet était solidement arrêté, et les interstices, qui eussent pu permettre aux regards de pénétrer dans l'intérieur, étaient masqués par des paillassons. Les feuillures de la porte laissaient habituellement des jours.

Ces jours étaient remplis par des étoupes.

Le trou de la serrure seul aurait pu servir d'observatoire.

Mais le cas semblait prévu. Un chiffon recevait intérieurement le talon de la clé.

Après un nouveau regard jeté circulairement devant lui, l'introducteur de l'homme au panier ouvrit le cabinet et le referma.

Il faisait sombre.

Peu à peu le regard, s'habituant à cette obscurité, distinguait deux objets assez étrangement placés dans un jardin. Sur la table, il y avait deux longs pistolets d'arçon, au repos, soigneusement posés du côté de la platine.

L'homme au panier parut assez surpris, mais il n'en témoigna rien. Seulement, quand son compagnon se baissa, il fit un mouvement en arrière, indice de frayeur ou de surprise.

Les préparatifs n'avaient, en apparence, rien d'hostile, car ils eurent pour résultat l'apparition de deux bouteilles de vin et d'un morceau de pain qui furent placés à côté des pistolets.

La physionomie placide et joviale de l'introducteur, qui présidait à ces préparatifs, avait changé d'aspect. Quelque chose de résolu et d'impérieux tendait les muscles de son visage. Il déboucha une bouteille et versa dans deux verres.

— Buvons, dit-il d'un ton bref.

Du vin, une paire de pistolets chargés et la porte close, tout semblait assez lugubre à l'invité. Il redoutait presque autant les bouteilles que les armes.

— Depuis quelque temps, j'ai pris l'habitude de ne boire que de l'eau, murmura-t-il à demi-voix.

Son interlocuteur le regarda fixement.

— De l'eau! fit-il avec dédain, allons donc! et soit qu'il devinât les sentiments qui agitaient son compagnon, soit qu'il voulût prêcher d'exemple, il souleva un verre et le porta à ses lèvres. Décidé par ce qu'il voyait, l'homme au panier but à son tour et posa son verre en jetant un regard interrogatif sur l'amphytrion de cette singulière collation.

Celui-ci sembla comprendre.

— Les nuits sont longues, dit-il à demi-voix.

— Et noires, ajouta l'interlocuteur en défiance, comme pour se mettre au diapazon de celui qui parlait.

— C'est bien, je vois que tu comprends.

— Ou plutôt que je demande à comprendre.

Un coup de vent vint faire battre une porte dans le lointain. Il y eut un temps d'arrêt dans ce lambeau de conversation si singulièrement commencée.

IV. — LE CABINET DU JARDIN.

Mais bientôt l'amphytrion reprit, en s'assurant que l'interruption était accidentelle et lointaine.

— Ce n'est rien. Buvons encore.

L'invité eut une nouvelle crainte; il appréhendait qu'on en voulût à sa raison. Il but d'une façon mesurée et en se tenant sur ses gardes.

— Le moment est bon et bien choisi, qu'en dis-tu?

— Cela dépend de ce que l'on veut faire.

— Tu n'as donc pas deviné?

— Pas précisément.

— Je vais donc t'expliquer.

— Es-tu peureux?

— Je ne le crois pas.

— Je le sais, et j'ai eu des preuves irrécusables de ton sang-froid. L'homme qui ne craint rien est fort de la faiblesse des autres. C'est une influence comme une autre. L'éloquence qui entraîne, c'est l'ascendant de la force ; l'audace qui décide la poltronnerie, c'est la force ; celui qui sait, imposant ses idées à celui qui ne sait pas, dispose d'une autorité qui est aussi la force. La force est partout, dans tous les rapports. Il faut donc s'en servir quand elle peut profiter. Tu es ferme et de sang-froid ; stimulé par une bouteille de ce vin, je ne doute pas que tu ne sois au niveau de ce que je te demande.

— De quoi s'agit-il enfin ?

— De peu de chose ! d'effrayer, pour réaliser une magnifique affaire.

— Je commence à voir ce dont il s'agit, dit avec un flegme qui couvrait une profonde émotion, l'interlocuteur du proposant.

— Il n'y a rien à craindre.

— Je ne suis pas craintif.

— Sans doute, mais il est toujours mieux de prendre ses précautions. La prudence n'est pas exclusive de la résolution.

En disant ces mots, l'homme qui parlait, souleva une ruche à miel et tira quelque chose d'informe.

Tout à coup un bruit très-rapproché se fit entendre. C'était une porte qui s'ouvrait.

La ruche retomba sur l'objet qu'elle venait de révéler.

— Chut ! fit celui qui venait de la replacer, en posant son doigt sur sa bouche. Silence et ne te montre pas. En disant ces mots, il reprit son air riant et descendit rapidement dans le jardin.

Il ne s'était pas trompé, une femme entrait.

Resté seul en face de ces deux pistolets et dans l'obscurité du cabinet, celui auquel s'adressait la recommandation de se cacher, réfléchit. Cette recommandation lui parut suspecte. Pourquoi dissimuler sa présence? On avait donc un motif pour qu'on ignorât qu'il fût au jardin? Ce motif était évidemment une menace.

Il eut peur.

Pour détourner le danger qu'il sentait planer sur sa tête, il comprit qu'il fallait se montrer à la femme dont il avait entendu la voix. Un témoin mettait, en effet, un obstacle entre lui et le péril.

Aussitôt exécutée que conçue, cette pensée se traduisit par la brusque ouverture de la porte et par une bruyante sortie.

Le maître du jardin fronça le sourcil.

— J'ai bien fait, se dit mentalement l'individu du cabinet.

Cependant, les deux hommes prirent chacun une physionomie indifférente et se mirent à parcourir, en devisant horticulture, les allées du jardin.

La femme ne resta que quelques minutes. C'était une domestique qui venait chercher des légumes.

Au moment où elle partit, l'interlocuteur du maître du jardin balança entre une retraite précipitée par un prétexte, et le désir de savoir comment finirait l'aventure. Toutefois, il dit au hasard.

— Je reviendrai.

— Non, non, répliqua vivement celui auquel il manifesta son intention.

Se sentant protégé par la révélation de sa présence aux yeux de la domestique, celui auquel s'adressait la négation céda à la curiosité.

Les deux hommes rentrèrent dans le cabinet, dont la porte se referma comme la première fois.

On trinqua de nouveau et l'on but.

Les deux pistolets étaient déjà des instruments assez singuliers, mais ce n'était pas tout ce que contenaient les cachettes. Deux paquets de cordes, des bandes de laine tressées, deux poignards grossièrement façonnés et semblant provenir l'un d'une baïonnette de chasse, l'autre d'un couteau de boucher, deux ceintures, deux sacs de toile blanche et deux autres objets sans forme précise, mais complétant cette exhibition de singularités, apparurent successivement.

Celui qui les sortait ceignit une ceinture, la chargea de pistolets, de poignards, y suspendit un sac, les cordes, et au moyen d'un objet que nous retrouverons plus tard, il parvint à se rendre méconnaissable.

— Les pistolets sont chargés jusqu'à la gueule, dit-il. Vois ces deux poignards, ils sont affilés jusqu'au manche. Ces cordes sont solidement préparées, les sacs sont grands et légers, et je suis méconnaissable. Çà et là se trouvent d'autres objets de détail qui ont leur emploi marqué, je n'en parle pas.

Quelques instants après, tous les objets étaient replacés et il ne restait plus de visible que les deux pistolets.

Le spectateur de cette scène mélodramatique attendait silencieux et fortement ému, sans que sa figure froide et calme laissât percer ses sensations.

— Tu vois que tout est bien disposé, lui dit l'acteur de la pantomime armée qui venait d'être jouée.

— Oui.

— La chose est facile, d'ailleurs, ceux auxquels on a affaire ne sont pas dangereux. Cependant, il faut se mettre en garde contre les surprises.

— Es-tu décidé ?

La question était faite à bout pourtant et d'un ton impératif. Celui auquel elle s'adressait entrevoyait, mais il ne savait pas. Répondre affirmativement pour obtenir une révélation complète, c'était s'engager ; négativement, c'était tout à la fois courir un risque et ne rien savoir.

Il biaisa.

— Il m'est impossible de sortir la nuit, dit-il, je suis trop nouvellement marié et ma femme aurait des soupçons.

Le questionneur eut sur les lèvres un sourire ironique.

— C'est l'affaire de rien, dit-il, un quart de lieue de distance, à peine ; il y a de l'or, de l'argent. Je te fais mon billet de 15 ou 20,000 fr.

— Tant que cela !

— Au moins, répliqua le proposant, qui crut avoir éveillé la cupidité de celui qu'il voulait associer à ses projets.

— J'en serais bien embarrassé, moi qui n'ai jamais rien eu ; je ne tiens pas à l'argent.

Il riait en disant cela.

— Tu as des scrupules, qui sait, de la conscience !...

Une moquerie cruelle caractérisait les inflexions du tentateur. On y sentait déjà comme la pointe d'une menace.

L'autre fut inquiet, il se repentit d'avoir laissé la confidence faire tant de chemin.

— Des scrupules ! dit-il, en éclatant d'un rire nerveux, oh ! non, ma foi !

— A la bonne heure ! Que diable, il faut de la philosophie. Sois riche, par du bien acquis n'importe comment, tu seras bien vu, considéré ; c'est tout ce qui te manque. Le rôle que jouent beaucoup de gens dans le monde tient à leur coffre-fort.

— Philosophie pour philosophie, j'ai la mienne. Riche sans rien avoir, je nargue, en mordant dans mon pain, les passants qui veulent m'éclabousser. Cet été, sur les quais, je me sentais heureux avec un sou de pommes de terre frites et un pain, rien que de regarder Paris, rien que de voir s'animer les rues et couler la Seine.

La physionomie de l'homme aux projets s'assombrit :

les muscles de sa face se raidirent, des angles brusques saillirent aux coins des sourcils, des plis s'amassèrent sur son front ; il y avait là-dessous un péril.

Le philosophe au pain sec le sentit, et il voulut rompre une marche d'idées qu'il sentait dangereuse pour lui.

— Verse à boire, dit-il en affectant la gaîté. Il but d'un seul trait et d'un air riant.

— Si seulement tu m'avais dit cela plus tôt! Réflexion faite, laisse la chose de côté et n'en parlons plus.

L'autre se promenait pensif dans l'étroit espace où se passait cette scène, ou plutôt, il piétinait, sans changer de physionomie. Il s'arrêta tout à coup et se mit à ranger les objets qui traînaient dans le cabinet. Puis, d'un air froid, il saisit un pistolet, fit craquer la noix de la batterie et posa le bout du canon sur la poitrine de son interlocuteur.

Celui-ci sentit son sang refluer vers son cœur, ses tempes battre et ses oreilles bourdonner.

L'instant était terrible. Cependant, il ne perdit pas la tête.

— Regarde-moi bien en face, lui dit l'autre.

Il obéit, l'œil attaché à l'œil de l'*ami*, sur le point de devenir son ennemi; mais d'un mouvement rapide et imprévu, il enleva l'autre pistolet et se mit en défense.

Il s'écoula une minute qui fut longue comme un siècle. On aurait entendu respirer ces deux hommes, placés face à face, les yeux dans les yeux, le doigt sur la détente et canon contre canon.

— Ils sont chargés.

— Je le sais, mais l'un peut rater aussi bien que l'autre.

L'agresseur sembla réfléchir, peser les probabilités, puis enfin hésiter.

Son adversaire s'efforçait de faire bonne contenance. L'attitude qu'il garda décida tout à fait son interlocuteur, car il baissa lentement son pistolet, descendit le chien d'un degré et déposa l'arme sur la table.

Son compagnon l'imita point pour point.

— Je ne te recommande pas le secret. Tu sais ce que te vaudrait une parole ou un geste.

Le mouvement plein de détermination qui accompagna ces paroles leur servit énergiquement de complément.

— Je le sais, ce qui vient de se passer mourra entre nous.

— C'est bien.

Quelques instants après, les deux hommes disparaissaient du jardin de la rue Thierry-Morel, l'un tenait son trousseau de clés, l'autre son panier rempli.

Plus d'un passant échangea au passage un salut avec ces deux paisibles bourgeois, qui venaient de donner quelques bons moments au jardinage!!!

V. L'ATELIER DE L'ORFÈVRE.

Nous sommes au mois de novembre, à une vingtaine de jours de distance de l'épisode du jardin de la rue Thierry-Morel.

Et d'abord une réserve : on a pu croire jusqu'ici que nous nous sommes plu à peindre en vigueur ce que la procédure des *Masques noirs* ne donnait qu'au trait. C'est une erreur contre laquelle nos lecteurs doivent se mettre en garde. Nous n'avons pas inventé le moindre détail, et ce qu'on vient de lire n'est que le décalque exact des documents de la procédure. Si jusqu'ici nous n'avons pas écrit les noms, c'est uniquement à cause de la disposition anticipée des éléments du récit ; d'ailleurs, en arrivant au procès, on pourra facilement les rattacher à ce qui précède.

Maintenant, seulement, nous allons indiquer, pour plus de clarté, nos personnages par les prénoms.

On se rappelle sans doute la rencontre de **1813** que nous avons décrite en commençant.

Un artisan de Bar-sur-Seine, ramené par la nostalgie dans son pays natal, avait été accosté un soir d'octobre, presqu'an par an, par un ami qui avait promis de lui donner son appui et de lui procurer des ressources.

Tout joyeux de trouver dans son isolement et dans sa détresse une main secourable, l'orfèvre avait repris courage.

Seulement, quand il voulut sonder l'étendue de ces bienveillantes dispositions, il ne trouva que réticence et ambiguïté dans le langage de celui qui s'était offert de lui servir d'appui.

Il crut à un élan passager de camaraderie, refroidi par la réflexion.

Il s'arrangea donc de façon à se passer de son concours.

Pourtant, quand l'invasion des alliés vint couvrir de ses troupes la vallée de Bar-sur-Seine, et réduire à l'inaction les bras de l'orfèvre, son ami lui fit obtenir la place d'économe à l'hôpital militaire. Les odeurs putrides qui s'échappaient de cette agglomération de malades décidèrent le bijoutier à renoncer à sa place.

L'ennemi ayant quitté Bar-sur-Seine, l'orfèvre reprit son état et se remit à sa forge, comptant sur sa patience et attendant la clientèle.

Or, le 11 novembre 1814, l'orfèvre vint à Troyes faire enregistrer son poinçon. Plusieurs fois dans la soirée son ami vint le demander. Le lendemain de son retour, l'ami revint encore. Mais chose inexplicable en apparence, l'orfèvre, auquel les visites devaient présager de la besogne ou une affaire, pâlit, balbutia et retira sa main quand celle de son ami voulut la presser. Cet accueil semblait de nature à refroidir l'amitié la plus dévouée. Ce fut cependant le contraire qui arriva.

Trois jours après, l'ami revenait apportant de l'ouvrage. Il y avait plusieurs objets assez singulièrement réunis. C'étaient des boulons de métal, des boucles, une tasse d'argent, des jetons, une cafetière et une bague brisée.

— Voici de l'ouvrage, Etienne, dit le nouveau venu.

— De l'ouvrage! Jean-Baptiste, répliqua en hésitant le bijoutier.

— Sans doute, et de l'ouvrage pressé.

L'orfèvre restait immobile et pensif.

—— Me comprends-tu? lui dit en insistant Jean-Baptiste.

—— Oui, oui.

—— Tu vois ce qu'il faut faire de ces objets ? une fonte et des lingots. Ce n'est bon qu'à cela.

—— Lingots, soit, dit Etienne le bijoutier d'un ton résigné.

—— Certes, ce n'était rien moins qu'un soupir d'artiste qu'il poussait en prenant ces objets. Aucun d'eux ne méritait la commisération peinte sur le front de l'orfèvre.

Toutefois, la forge fut allumée. Avivée par le soufflet, la flamme du charbon s'étendit, envahit le monceau au milieu duquel elle brillait. Ce fut bientôt un brasier rouge et ardent dont les rayonnements coloraient vigoureusement la figure des deux hommes qui le contemplaient. L'orfèvre était abattu : son visage morne et décomposé le faisait ressembler à un patient de la Sainte-Inquisition. On eut dit que le feu le consumait. Quant à son ami, il observait avidement le progrès du charbon.

Les objets sacrifiés furent jetés pêle-mêle dans le foyer de la forge. Le métal, saisi par les ardeurs du feu, ne tarda pas à se tordre, à s'affaisser; ses reliefs bouillonnèrent et s'aplatirent. Une longue traînée blanchâtre,

2

entraînant le métal, apparut à l'un des coins, la fusion commençait.

La physionomie du visiteur s'éclairait à mesure que la fusion se produisait et gagnait du terrain. Un sourire passa sur ses lèvres et dans son regard ; la bouche et les yeux, éclairés par les reflets cuivrés de la forge, étaient singuliers ; ils parurent tels à l'orfèvre, qui regarda à la dérobée.

— Je t'ai promis de t'être utile, je tiens parole, dit tout à coup Jean-Baptiste. En voici la preuve. Ce que tu viens de fondre là est pour toi.

— Pour moi ? dit brusquement Etienne avec un accent étonné.

— Pour toi ! dit en riant son ami, pour toi seul. Je t'en fais cadeau. Et, sans attendre d'autres questions, il ouvrit la porte de l'atelier et disparut.

L'orfèvre semblait stupéfait et irrésolu. C'était à ne pas comprendre sa pensée. Lui, pauvre, sans ouvrage, en quête d'un protecteur, d'un peu d'argent, ne semblait guère reconnaissant du cadeau qui tombait dans sa forge.

Le métal avait cependant une assez belle valeur.

— Pour moi ! dit-il à voix basse et en réfléchissant. Puis, subitement pris d'une activité inexpliquée, il réalisa le lingot, joignit toutes les parcelles métalliques, les incorpora soigneusement et retira le produit de la fusion.

Il s'assit, se releva, s'agita dans son atelier, qu'il parcourut à grands pas, et, subitement amené par la réflexion à une décision qu'il semblait peser, il prit le lingot d'argent, le glissa dans sa poche, et sortit en ayant soin d'observer s'il n'était pas suivi.

Il alla droit à la rivière. Le lingot, lancé vigoureusement, dessina sur l'eau un cercle qui, après s'être élargi, s'effaça et se perdit dans la tranquillité du liquide. L'orfèvre contempla un instant la Seine, dont rien ne ternissait plus le profond miroir ; il fit ensuite une remarque visible pour lui seul, et bientôt il disparut.

A partir de ce jour, Etienne l'orfèvre fut inexplicable, et si quelqu'un eût pu voir ce qui s'était passé dans son atelier et au bord de la Seine, nul doute qu'il ne l'eût taxé de folie.

Jean-Baptiste qui, de 1813 à 1814, avait offert ses services, réalisa ses promesses.

Après le 11 novembre, il revint chez l'orfèvre, lui apportant, cette fois comme la première, de vieux débris d'orfèvrerie.

La scène du 11 se reproduisit exactement dans tous ses détails. La forge fut allumée, les objets qu'on y jeta furent abandonnés au fondeur, toujours sombre, toujours soigneux dans la fabrication du lingot qu'il alla, sans retard, lancer comme le premier dans la rivière.

Ceci était étrange. Mais ce qui ne l'était pas moins, c'était la sombre mélancolie qui s'était emparée de l'artisan. Et pourtant, tout semblait indiquer que la fortune, fatiguée de le poursuivre, voulait enfin réparer ses torts.

L'homme à l'argenterie venait fréquemment, et d'une manière ostensible, faire des commandes à l'orfèvre.

Plusieurs personnes de Bar-sur-Seine, les plus riches et les plus répandues, se succédaient dans sa boutique, pour acheter et pour commander.

Il faut dire, cependant, que chaque fois que cet ami généreux, qui s'occupait avec sollicitude des intérêts du bijoutier, venait le voir, il y avait une parole ou un regard échangé, regard expressif, parole énigmatique qui semblait avoir une puissance électrique sur l'orfèvre. Quant à celui qui agissait sur cet homme, il avait toujours l'air affable, la parole gracieuse, et rarement il manquait de faire une offre bienveillante ou de laisser échapper une saillie.

Pourtant, le père de l'orfèvre s'aperçut de cette prostration morale; il surprit un jour, sans le comprendre, un de ces mots qui agissaient si profondément sur le système nerveux de son fils. Il résolut d'en connaître la cause en provoquant une confidence.

Il y réussit, sans doute, car, un soir, les deux hommes s'enfermèrent avec soin et causèrent longuement. Cette conversation était probablement d'une nature excessivement grave, car lorsqu'elle fut terminée, le père n'était pas moins troublé que le fils.

VI. — LE COMPAGNON TANNEUR.

Au temps où se passait ce que nous venons de dire, il y avait en Lorraine, au village de Reuvigny, situé non loin de Bar-le-Duc, un ouvrier tanneur qui faisait assez bonne figure pour se faire beaucoup d'amis, et partant infiniment plus de jaloux. On le nommait Jean-Clair Jocher. C'était un robuste compagnon, carré des épaules, haut en couleur, menant joyeuse vie, aimé de ses camarades, avec lesquels il montrait des façons très-généreuses, considéré de son patron qui le consultait volontiers et lui accordait sa confiance.

Les cabaretiers et les traiteurs du village saluaient Jocher du plus profond de leurs comptoirs, et lui réservaient leurs plus agréables sourires. Les filles coquettes ou avides, ce qui va souvent de pair, lui lançaient, ou plutôt adressaient à sa bourse de fréquentes œillades. Jocher était, en apparence, le plus heureux mortel de la commune de Reuvigny et probablement de toute la vallée de l'Ornain. Il avait toujours les poches pleines et les mains ouvertes. Il buvait peu, mais il vivait bien, s'amusait beaucoup et ne comptait avec personne.

Certes, les 20 francs de traitement mensuel qu'il recevait de son patron ne pouvaient suffire aux exigences d'une pareille existence

La curiosité est de toutes les conditions et de tous les pays.

On s'informa d'où venait ce pactole monnayé qui ruisselait des mains du garçon employé par le tanneur Dugny.

Jocher ne fit aucune difficulté de le dire : il avait hérité !

Dans toutes les contrées du monde, ce mot-là ferme la bouche des plus indiscrets. On suspecte un bénéfice, on discute l'issue d'une spéculation, mais un héritage ! cela répond à tout.

Pourtant, l'argent si libéralement dépensé par l'ouvrier, commença, après quelques semaines, à se raréfier. Jocher partit en annonçant qu'il allait rétablir ses finances en opérant des recouvrements.

C'était à Bar-sur-Seine que le tanneur de Reuvigny se rendait pour reconstituer sa bourse dégarnie.

Peu de temps après, il revint et démentit ainsi les bruits de gasconnade qu'on avait répandus en le voyant sans argent.

Jamais le compagnon n'avait été plus vainqueur. Il ne s'agissait pas de quelques misérables écus, mais de billets de mille francs.

Pour le coup, la considération de Jocher grandit. Elle suivit l'accroissement de ses dépenses. Son patron lui-même devint son obligé en recevant, à titre de prêt, une somme de deux mille francs dont il lui fit son billet le 24 janvier 1815. Une jeune fille de Reuvigny, assidûment poursuivie par Jocher, reçut, en badinant, une belle montre en or : que ne fait-on pas quand on vient d'hériter !

Jocher était venu, en effet, à Bar-sur-Seine, muni des pleins pouvoirs de son patron pour placer des cuirs et recouvrer des valeurs.

A Bar-sur-Seine, sans être aussi libéral qu'à Reuvigny,

il ne regardait pas à l'argent. Mais l'origine qu'il lui assignait n'était plus la même ; elle dérivait de lucratives spéculations faites pour le compte de la maison dont il était l'associé, et surtout de ses affaires avec les armées d'invasion pendant leur séjour à Bar-sur-Seine.

Avons-nous besoin de dire ce que déjà l'on a deviné ?

Jocher était l'un des trois hommes que nous avons signalés, comme ayant été attachés au service de l'hospice militaire de Bar-sur-Seine.

A Bar, comme à Reuvigny, la source de sa fortune se trouvait donc expliquée.

Pourtant, on ne sait comment le bruit se répandit que Jocher allait en Amérique pour y faire du commerce. Il avait pour répondant et pour solliciteur dans l'entreprise de ce nouveau projet, un des hommes les plus considérables et les plus répandus de Bar-sur-Seine.

Par quel étrange motif Jocher, qu'aucune capacité ne recommandait, et que l'esprit d'aventure ne caractérisait guère, avait-il pris parti de s'expatrier ?

On ne se l'expliquait pas bien ; mais l'Amérique, à cette époque, passait pour la terre promise des Européens qui allaient s'y établir. L'oncle d'outre-mer avait encore une réputation de nabab. Il semblait qu'il suffit de toucher le nouveau continent pour faire jaillir, en frappant du pied, les sources métalliques qui, depuis, ont fait la réputation du Sacramento.

Quoi qu'il en soit, Jocher, lors du dernier voyage qu'il fit à Bar-sur-Seine, se trouva en nombreuse et joyeuse compagnie. On se réunit à l'auberge que tenait alors François Millard. Un copieux déjeûner fut servi au cortège. On trinqua, on but à la prospérité du joyeux camarade qui savait si bien restaurer l'amitié ; on échangea de cordiales poignées de mains, et il y eut des estomacs assez reconnaissants pour pousser la conduite jusqu'au village de Magnan, à moitié chemin de la distance qui sépare Vendeuvre de Bar-sur-Seine.

Comme dans la Meuse, comme à Bar-sur-Seine, le compagnon tanneur changea de l'or pour payer ses dépenses.

N'était-ce le petit désagrément judiciaire que Jocher avait éprouvé à la suite de ce qu'il appelait une étourderie, et qu'il faut appeler brutalement un abus de confiance, aucun individu n'aurait joui de plus de considération que le tanneur.

La séparation fut toutefois des plus touchantes.

— Tu reviendras, disait l'un.

— Je te le promets, répliqua Jocher.

— Oh ! mon vieux, que je vais m'ennuyer loin de toi et

sans te voir, disait en assurant son équilibre un de ceux qui avaient le plus fêté le vin de l'aubergiste.

— J'en pleurerais presque, répliquait une figure haute en vermillon qui attestait la qualité du vin de la vallée des Riceys.

Jocher embrassait l'un, faisait un signe à l'autre, donnait les mains à tous. Enfin, il sè trouva seul sur la longue ligne au bout de laquelle Vendeuvre se montrait. L'action de l'air et la marche dissipèrent l'influence du vin et de la conduite. Les yeux du tanneur perdirent leur éclat, son front se rembrunit sous le poids d'une pensée soucieuse ; on ne l'aurait pas reconnu !

A quelques jours de ce départ, il était sur les bords de l'Ornain, où nous ne tarderons pas à le retrouver.

VII. — LES MASQUES NOIRS.

Le 11 novembre 1814, par une nuit profonde, les rues de Bar-sur-Seine étaient silencieuses et désertes. L'éclairage public avait depuis longtemps rendu ses dernières lueurs. Pas une vitre éclairée sur tout le parcours de la grande rue de l'Hôtel-de-Ville. De loin en loin, quelques raffales du vent d'automne gémissaient en pénétrant dans les rues tortueuses de la ville.

Tout le monde dormait sur la foi de la tranquillité séculaire de la cité.

L'horloge de l'église avait déjà, depuis un certain temps, fait vibrer dans le silence les douze coups de minuit. . . . .

Vingt-quatre heures avant l'instant où nous prenons cette nuit, un vieillard, le même que celui dont nous avons déjà parlé, causait affectueusement avec une femme qui pouvait avoir cinquante ans.

C'était sa belle-fille.

Le vieillard était un homme d'une belle taille, à la physionomie froide et sévère, mais éclairée par un regard doux et bienveillant. De longues mèches de cheveux blancs couvraient son front et donnaient à sa physionomie quelque chose de vénérable qui imprimait le respect.

La conversation était aux alliés. De l'invasion et de ses terreurs on arriva à la cachette qu'il avait fallu pratiquer pour sauver ses valeurs.

— J'ai eu le bonheur de préserver ma fortune mobilière des mains de l'ennemi, dit le vieillard ; je m'en félicite pour vous.

— Dieu merci, ce ne sera pas de sitôt !

Le vieillard fit un geste et leva les yeux au ciel, puis il poursuivit :

— N'oubliez pas, ma fille, ce que je vous ai dit au sujet de ce que je possède.

— Pourquoi parler encore de cela, mon père !

— A mon âge, on n'est jamais assez prévoyant. Ecoute-moi. Mes cinq étuis sont complets ; ils contiennent maintenant douze mille Napoléons en or. Lorsque je mourrai.....

— Encore ce mot !

— Je vous l'ai dit, ne m'interrompez pas. Lorsque je mourrai, vous les trouverez dans le tiroir de mon bureau. Dans le placard, à côté de la porte d'entrée de mon bureau, où sont mes papiers, vous trouverez deux sacs contenant chacun mille francs.

Le vieillard poursuivit une longue énumération qu'il détailla avec une grande sûreté de mémoire.

Quand il eut fini, la conversation reprit son cours. Le vieillard embrassa affectueusement sa fille et rentra chez lui.

C'était la veille de la nuit dont nous racontons en ce moment les événements.

. . . .

Bar-sur-Seine était désert : pas un passant, pas une voiture.

Vers minuit, deux formes humaines apparaissaient dans la rue Thierry-Morel ; elles sortaient du jardin où nous avons conduit le lecteur au chapitre précédent.

Ces deux hommes marchaient avec précaution dans l'ombre, longeant les murs et les maisons, et s'arrêtant à chaque angle avant de le tourner.

Ils ne disaient mot, et ils écoutaient avec attention dès qu'un bruit, si lointain qu'il fût, arrivait à leurs oreilles.

Un moment le vent, qui soufflait violemment, détacha un volet qui tomba avec fracas sur le pavé. Le bruit d'une fenêtre grinçant dans une rainure glissa son aigre mélopée dans les gémissements du vent.

Les deux hommes s'immobilisèrent et s'effacèrent dans l'ombre épaissie que projetait l'encorbellement d'une vieille maison.

Le silence, un instant troublé, se rétablit.

Les deux hommes recommencèrent à marcher ou plutôt à se glisser le long des replis tortueux de la rue.

Un quart d'heure ne s'était pas écoulé qu'ils se trouvaient en face d'une maison voisine de l'Hôtel-de-Ville.

Ils tournèrent l'angle que forme la grande rue sur une

petite ruelle perpendiculaire au grand pavé, et ils s'arrêtèrent à quelques pas d'une porte d'entrée en communi-
cation avec les maisons de la grande rue. Seulement, ils
ne touchèrent ni à la porte ni à la serrure, et ils concen-
trèrent leur attention sur le [soupirail de la cave. Placés
face à face, ils cherchèrent à tâtons et bientôt soulevèrent
avec effort un bloc qu'ils posèrent sur le sol. — Une corde
à nœuds sortit comme par enchantement d'un sac. Fixée
à l'un des barreaux, elle fut jetée dans la profondeur de la
cave ; un bruit flaque sembla annoncer que cette corde
touchait le sol.

Les deux hommes embrassèrent d'un coup d'œil les
deux bouts de la ruelle.

Ils ne virent personne et n'entendirent aucun bruit.

Quelques secondes après, la ruelle était déserte comme
auparavant, et rien n'indiquait la présence des hommes
dont nous venons de suivre les évolutions.

La cave fut traversée dans sa longueur. L'un des deux
individus se heurta contre le pied d'un escalier. L'autre
le suivait de près ; il se guidait en le tenant par ses vête-
ments.

— Nous y sommes, dit d'une voix à peine perceptible
celui qui semblait conduire l'expédition.

On monta les marches. Les joints d'une trape découpée
dans le plancher furent étudiés par les doigts des deux
hommes. L'un, en se courbant, souleva graduellement
la planche mobile, jusqu'à ce qu'il eût repris toute sa taille.

La trape s'ouvrait dans une pièce qu'à son mobilier, à
sa vaste cheminée, il était facile de reconnaître pour une
cuisine. Le centre de cette pièce était rendu moins sombre par la baie d'une porte toute grande ouverte qui lui
envoyait une sorte de crépuscule. — La trape fut re-
posée avec soin ; mais si doucement qu'elle fut conduite,
elle n'en rendit pas moins un craquement enflé par la so-
norité de la chambre.

Un profond soupir répondit à ce bruit.

Les deux hommes s'arrêtèrent comme pétrifiés, tendant
le regard et l'ouïe du côté d'où venait le bruit humain qui
venait les surprendre.

Quelques mots inintelligibles, écho d'une vigilance qui
survivait au sommeil, suivirent de près ce commencement
de réveil.

Si l'on eût pu voir la figure des deux hommes, on en
eût eu peur. Pâles et convulsifs, ils n'avaient plus rien
d'humain. Leurs mains serraient avec énergie un objet
qui, dans le clair obscur, s'éclairait de reflets métalliques.

Ils avancèrent jusqu'à la porte ouverte, retenant leur haleine, posant leurs pieds avec une extrême circonspection, et en graduant la pression. Malheureusement, un choc imprévu fit éclater la voix vibrante d'un ustensile de cuivre.

— Qui va là? s'écria la voix, expression, cette fois, d'une inquiétude tout à fait en éveil.

Les deux hommes s'élancèrent... Bientôt, un cri aigu suivi d'un bruit sourd, entrecoupé par le sifflement d'un râle d'agonie, succéda à ce mouvement de tigre.

Et le silence se fit plus profond qu'auparavant.

Les deux individus s'orientant, après quelques minutes d'hésitation, revinrent sur leurs pas et traversèrent la cour sur laquelle s'ouvrait la cuisine. Ils entrèrent avec les mêmes précautions dans la pièce qui faisait face à celle qu'ils venaient de quitter.

Nous allons les y précéder.

C'était une vaste chambre à alcôve occupée par un lit à côté duquel se trouvait une console. Une veilleuse répandait sa lumière pâle et tremblante sur les meubles dont elle accusait les reliefs, impuissante çà et là à dissiper les ténèbres des points éloignés de son foyer.

Tout près du lit qui remplissait l'alcôve était une couchette.

Les deux lits étaient occupés, le premier par un vieillard, le second par une femme déjà âgée, mais encore vigoureuse.

Le plus profond silence attestait le sommeil des deux personnes. Le profil du vieillard était noble et sévère; il se découpait en vigueur sous la flamme de la veilleuse; le galbe général de la tête se perdait, comme une figure de Rembrandt, dans des ombres graduées. L'ensemble faisait un véritable tableau de Greuze, tout simple de composition, mais riche de couleur et d'effets imprévus.

Tout à coup, le calme de cet ensemble fut troublé par la soudaine irruption de deux personnages repoussants à voir.

Tous deux étaient coiffés de casquettes de peaux, vêtus de brun et le corps serré dans une ceinture chargée de pistolets, de poignards et de cordages. Leur figure était entièrement couverte par une découpure en carton adhérant à la coiffure, et se terminant, dans le bas, par une barbe touffue.

La découpure, qui cachait le haut du visage et la barbe, qui enveloppait les parties inférieures, était entièrement noire.

Arrivés dans cette chambre, les deux *masques noirs* restèrent immobiles, considérant choses et gens, la main appuyée sur le manche d'un poignard.

Pour ressembler à celles dont on abuse quelquefois au théâtre, cette scène, prise dans sa réalité, n'en était pas moins effroyable.

Leur entrée, quoique ménagée avec précaution, avait troublé le silence de la chambre ; une feuille du parquet, sous la pression du pied, avait sourdement craqué.

Le gémissement du plancher troubla le sommeil de la femme, qui occupait le lit le plus rapproché de l'entrée. Elle crut à une hallucination ; frappée de stupeur, elle ouvrait des yeux effrayés ; un cri d'angoisse s'arrêtait étranglé dans sa gorge. Le masque qui l'observait avec attention, avança le bras et accompagna ce geste impératif de deux mots prononcés à voix basse et brève : *Silence ou la mort !*

La pauvre femme comprit le danger de la réalité. Elle se tut, s'immobilisa, retenant les violents mouvements de sa respiration aiguillonnée par l'effroi.

Cependant, cette voix impérieuse et menaçante éveilla, au milieu du chaos dans lequel se heurtaient les sensations de cette femme, une bizarre réminiscence. Elle crut y trouver une analogie avec une voix amie. Mais elle n'eut pas le temps de s'arrêter à cette pensée, car, tout à coup, le terrible masque fit un mouvement et l'ensevelit sous les plis de sa couverture. Une corde fixa la couverture à la tête du lit et immobilisa, autour du cou, les deux mains de la vieille fille. En un instant l'opération fut accomplie et la pauvre femme ne put ni voir, ni parler, ni mesurer la marche du péril qui planait sur elle. Toutefois, la perception des sons n'était pas complètement paralysée par cet ensevelissement anticipé. La femme entendit, en effet, la voix qui lui avait parlé s'élever, en s'adressant à la personne qui occupait l'autre lit : *Ton argent ! — Silence, ou la mort ! !*

Un bruit confus de piétinements, de soupirs étouffés, de paroles inintelligibles, suivit de près l'injonction.

Cédant à l'inspiration de l'humanité, qui faisait taire la conscience de son propre péril, la femme s'écria : *Ne le tuez pas, laissez-lui la vie !*

— Ah ! coquin ! répondit celui que le danger semblait menacer.

Ce fut son dernier mot.

Cependant, un des masques revint à la fille.

— Bouges-tu ? dit-il d'un accent terrible, la mort tout de suite !

La pauvre fille, au paroxysme de l'épouvante, s'évanouit. Pourtant, elle ne tarda pas à revenir à elle. Des grincements de serrures, des entrechoquements de portes, des bruits de tiroirs, un cliquetis d'argenterie pénétrèrent jusqu'à son oreille, sous les couvertures qui l'enveloppaient. Un corps dur et pesant fut posé sur son lit.

— L'or et l'argent de ton maître sont-ils dans cette chambre? dit l'un des deux masques.

La femme se tut.

— Parle donc, ajouta le questionneur, la poussant brutalement.

— Oui, tout, répondit la femme.

— Il y en a peu! dit d'une voix désappointée l'homme au masque.

— Il n'y en a pas autre part.

— On va chercher, et malheur à toi si tu mens : il y va de ta vie!

Ce dialogue, parlé en français très-pur, changea instantanément de caractère et prit une apparence grotesque.

— Moi avre loché izi.

— Vous?

— Ui.

— C'est impossible.

— Imbossible! bourgoi? gommandant de place.

— Commandant!

— Ui. Siruzien-machor Vurtemberg!

— Non, vous n'êtes pas Vurtembergeois!

— Misrable! Tutt de zuite de l'archent, de l'archent!

— De l'argent?

— Sacremente, de l'archent!!!

— Mais je l'ai dit.

— Nus zommes vuitt, et bardir tutt de zuite. Toi, bas capout!

Rassurée, la fille avec laquelle s'engageait cette conversation bizarre, songea à son maître.

— Vous ne l'avez pas tué, n'est-ce pas?

— Non, répliqua avec un accent d'ironie le masque prétendu Vurtembergeois. Non, lui ne bas pouger; il tort!

— Il dort! oh!

— Ui, il tort; il ze réfeillera!

L'interlocutrice ne devina pas la vérité.

Une main s'appesantit sur sa gorge.

La victime murmurait un suprême adieu à la terre.

Celui qui la touchait se mit à rire.

— Quel âche as-tu? dit-il.

— Cinquante-huit ans, murmura-t-elle.

— Sinquante-huid ans! bas ponne!!!

La main se retira et l'homme sembla s'éloigner. Deux voix causaient bas.

— La corbeille ! dit l'une.

— La voici, répliqua l'autre.

— Les deux voix se rapprochèrent au pied du lit et échangèrent une conversation animée et inintelligible. On semblait discuter un parti définitif à l'égard de la fille.

Quelques minutes après, ses pieds étaient attachés sur la couchette ; ses mains, fixées de nouveau, ne lui permettaient plus un mouvement. La tête resta enveloppée.

— Un bruit de porte, de pas qui s'éloignaient, succéda à cette nouvelle précaution. Mais, ni à l'intérieur, ni à l'extérieur, aucun indice ne permit de supposer une sortie.

Trois heures sonnèrent.

La situation de la malheureuse fille était intolérable. cependant, elle n'osait faire un mouvement.

Deux heures s'écoulèrent encore. Un peu rassurée, la patiente fit un effort, atteignit une corde, découvrit les couvertures et respira un peu. Tout était encore sombre, mais le jour commençait à réfléter les teintes pâles du crépuscule sur les vîtres de la fenêtre.

La fille, attachée sur son lit d'angoisses, appela, à demi-voix, son maître.

Personne ne répondit.

Elle recommença, en élevant le ton.

Même silence.

Tout un monde de réflexions traversa le cerveau de cette fille. La ressemblance de la voix qui lui avait parlé, avec celle dont elle cherchait la trace ; ces questions, moitié françaises, moitié tudesques, qui s'étaient succédé ; ces costumes, ces masques, son propre danger, tout lui bouleversait l'intelligence. Elle supposait seulement qu'on lui avait promis d'épargner son maître.

Elle le croyait réellement endormi, à l'aide d'un narcotique ou de quelque moyen qu'elle ne connaissait pas.

Bientôt, le grand jour diminua ses frayeurs. Un voisin se leva et fit du bruit. La fille l'appela, en implorant du secours.

Une heure s'écoula encore, pendant laquelle elle entendit bruire des voix, des pas et retentir des coups violents au dehors. Toutes les issues extérieures étaient intactes et solidement fermées.

Quelques heures avant que la femme, ainsi attachée, osât faire un mouvement ou pousser un cri, un individu, enveloppé d'un vaste manteau, montait sur un cheval vigoureux. Il tendait la main, piquait des deux et sortait de Bar-sur-Seine par la porte de Châtillon.

Tirant à droite, il prit le chemin qui, de la grande route, conduit au bois de Notre-Dame. Avant de s'y engager, il arrêta son cheval et resta immobile pendant quelques minutes. Bientôt il reprit sa course, en homme plus pressé d'avancer que de ménager sa monture.

La nuit était noire. Malgré l'obscurité, le cavalier avançait sans hésiter. Aux deux tiers environ du chemin, il mit lestement pied à terre, attacha son cheval à un chêne et se glissa dans un fourré, d'où il sortit bientôt pour reprendre le chemin qu'il avait suivi. Il rentra paisiblement à Bar-sur-Seine, en suivant, au pas, le chemin que trois heures auparavant il avait parcouru de toute la vitesse de sa monture.

VIII. — LA MAISON DE LA GRANDE-RUE.

Cependant, dans la matinée du 11 novembre 1815, une terrible rumeur s'était répandue dans Bar-sur-Seine.

Un vieillard octogénaire, M. Etienne Cappron, qui avait honorablement passé la plus grande partie de sa carrière dans les fonctions du notariat, venait d'être assassiné dans son lit.

Quel mobile avait pu guider les assassins ?

M. Cappron n'avait pas d'ennemis. A son âge, qui le dérobait au choc des passions humaines, il n'avait pu soulever une inimitié assez épouvantable pour engendrer une pareille vengeance. D'ailleurs, la contrée n'a rien des mœurs sauvages et sanguinaires de la Corse, où la *vendetta* se transmet de père en fils et de famille en famille.

Avait-il succombé victime d'une erreur ? ce n'était pas possible. Bar-sur-Seine n'était pas assez grand pour que le crime se trompât si cruellement de victimes.

Des malfaiteurs cédant à l'appât du vol et le commettant au prix d'un double assassinat ?

Mais de quelle nature pouvaient-ils être ? Etrangers, il leur eût été impossible de pénétrer dans cette maison. — Du pays ? — Personne ne songeait à soupçonner un seul habitant. Dans les petites villes, on se connaît assez pour ne pas s'égarer dans des suppositions. On accuse directement un homme ou l'on n'accuse personne.

L'opinion publique, suspendue, flottait de suppositions en suppositions, sans pouvoir s'arrêter à une conjecture vraisemblable.

Un groupe, sans cesse grossissant, se portait aux abords de la maison de M. Cappron.

Comme on l'a vu, toutes les portes étaient solidement

fermées, et la nouvelle du meurtre n'avait transpiré au-
dehors que par les appels désespérés de la domestique.

C'était un voisin, le nommé Maubrey, qui, le premier,
avait entendu les supplications, encore vagues, de la fille
Anne Chagniet. Mais le peu de mots qu'elle avait dits
avait suffi pour répandre l'alarme.

Le voisin, ne jugeant pas prudent de pénétrer dans sa
maison avant de se trouver en force, alla précipitamment
raconter ce qu'il venait d'apprendre ; les premiers avertis
tinrent conseil ; les plus timorés penchaient pour un aver-
tissement immédiat à l'autorité judiciaire. D'autres, plus
résolus, voulaient entrer sans délai, pensant que leur
présence pouvait encore avoir un résultat utile.

Ceux-ci l'emportèrent. Mais quand ils voulurent entrer,
les portes résistèrent, du double obstacle des serrures et
des verroux. Vainement on les secoua ; vainement on es-
saya de les enfoncer, les clés et les coups n'amenèrent aucun résultat, et il fallut, au moins pour l'instant, renoncer
à pénétrer par l'entrée de la Grande-Rue.

Une voix ouvrit l'avis de passer par la ruelle. La porte
était verrouillée, mais elle ne résista pas aux efforts
réunis de quelques hommes vigoureux.

La porte ayant cédé, la foule put entrer.

Un horrible spectacle s'offrit alors à sa vue : dans la
chambre qui faisait suite à la cuisine, une femme était
étendue, sanglante et portant sur elle les traces de la lutte
suprême qu'elle avait engagée en défendant sa vie contre
le fer des assassins.

Son lit, en désordre, était inondé de flots de sang qui
s'étaient répandus jusque sur le plancher. De larges plaies
béantes se révélaient au cou et à la poitrine. Leur profondeur et les parties où elles existaient indiquaient une
main aussi vigoureuse que résolue.

La foule s'arrêta un instant, stupéfaite, en face de ce
lugubre tableau. Il semblait que le fer des assassins pla-
nât encore dans cette chambre et qu'il menaçât chacune
des existences qui se trouvaient réunies au pied du cadavre. Le regard d'un de ces spectateurs, si profondément
émus, tomba sur le plancher. Un geste, un mot fixa l'attention sur ce nouvel indice et vint rappeler qu'à ce crime
s'ajoutait un autre crime. Un pas ensanglanté se révélait
à distance du lit.

La foule s'écarta sous l'empire d'une sensation d'horreur, et l'on put alors remarquer la trace sanglante qui
s'offrait, comme le fil d'Ariane, dans ce labyrinthe du
crime.

On suivit les pas accusateurs qui marquaient le passage des meurtriers. Ces pas conduisaient dans la cour, et de la cour dans le corps de logis habité par M. Cappron.

La chambre de l'ancien notaire rappelait les plus sombres compositions de Francisco Zurbaran. Dans le lit du maître était étendu un cadavre. Les cheveux blancs de la victime étaient rougis de sang. Une blessure partageait la mâchoire; au cou, à la poitrine, des entailles profondes marquaient le passage d'un poignard à lame tranchante et large. L'artère carotide avait été tranchée par un coup violent, qui avait suffi pour donner presque instantanément la mort. Le visage vénérable du vieillard se dessinait comme un ivoire sur les tons blancs et glacés de l'oreiller; ses bras pendants, ses mains détendues et l'arrangement du lit indiquaient une surprise foudroyante, qui n'avait pas même donné à l'instinct le temps de lutter contre les agressions du poignard.

A côté de ce cadavre inerte était la domestique Anne Chagniet, attachée par les pieds au bois de sa couchette. Ses mains, ramenées sur son cou, étaient étreintes par une forte ligature; les couvertures, ramenées sur sa tête, lui ôtaient la faculté de voir.

Impossible à la patiente de se mouvoir et de tourner la tête du côté où se trouvait le lit de son maître.

Ce cadavre sanglant et cette femme attachée se trouvaient au milieu d'un pêle-mêle d'objets de toute nature : effets mobiliers qui jonchaient le sol, tiroirs renversés, portes de meubles battantes, rayons de placards dont l'ordre symétrique avait été bouleversé. La lumière du jour et des reflets jaunâtres de la veilleuse expirante, se combinaient en un ton fauve et triste, qui s'harmoniait avec les objets sur lesquels il se répandait.

La foule, saisie d'horreur et d'effroi, se tenait à distance.

— Qu'est devenu mon maître? dit aussitôt la domestique à l'homme qui venait de la détacher.

On lui montra du doigt le corps inerte de M. Cappron. La malheureuse fille, sous la double influence du danger qu'elle avait couru et de la certitude accablante qu'elle venait d'acquérir, se sentit défaillir.

Les plus hardis se groupaient dans la cour, dans la chambre de la fille Jacquinot, au pied du lit de l'ancien notaire, et les timides s'arrêtaient au seuil de la porte extérieure.

Tout à coup, un mot se répandit dans les groupes, et, comme une traînée, pénétra jusque dans les profondeurs de la maison : La justice! cria-t-on.

La justice, en effet, suivait de près l'élan de la foule. Elle arrivait quelques minutes après que tout ce monde pénétrait dans la maison.

Le procureur impérial, M. Balabu de Noiron, et le juge d'instruction, M. Augustin Breton, arrivèrent accompagnés de la gendarmerie. A leur aspect, la foule s'écarta. On sentait qu'au commentaire impuissant allait succéder la minutieuse investigation de la justice qui, d'indice en indice, de conjecture en conjecture, arrive presque infailliblement à la découverte de la vérité.

Il ne fallait qu'un mot pour que cette foule, plus effrayée que curieuse, abandonnât le théâtre du drame de la nuit du 11 novembre.

Les portes furent fermées, les magistrats restèrent seuls en face des victimes, assistés de trois médecins qui constatèrent l'état matériel du corps de l'ancien notaire et de celui de la jeune fille qui avait servi de marche-pied aux assassins,

Les médecins constatèrent, suivant les prescriptions légales, la portée, la nature et les conséquences des blessures, puis ils se retirèrent.

Les magistrats poursuivirent leurs recherches.

Ils virent les traces sanglantes qui marquaient la route des criminels.

Ils remarquèrent la forme délicate du pied qui avait taché, du sang de la jeune fille, le parcours de la cuisine à la chambre du notaire.

Au pied du lit de la première victime on trouva le nez d'un masque noir, auquel adhéraient des lambeaux de crin.

Des débris du même genre se trouvaient jusque dans les blessures.

Evidemment, la robuste jeune fille avait lutté contre le fer des criminels.

Les liens de la fille Chagniet se composaient de ligaments combinés de cordes, de bandes de vieux châles et d'un morceau de cuir de Hongrie.

Un détail qui avait échappé à la foule fut recueilli par la justice.

Il était évident qu'avant de frapper l'ancien notaire, on avait voulu le lier.

Cette première pensée des assassins avait été remplacée par celle de la nécessité d'un assassinat.

Les armoires, le buffet, les commodes, le secrétaire portaient des traces d'effraction et de fouilles qui ne permettaient aucun doute :

Le vol était le but, l'assassinat le moyen.

Restait à éclaircir le point relatif à l'introduction des coupables.

D'indice en indice on reprit le chemin que nous avons tracé dans le récit des événements du 11. Le sang, ce terrible conducteur, guida, cette fois encore, la marche de la justice.

On interrogea la fille Chagniet ; elle retraça minutieusement ses impressions, et les faits étaient trop profondément gravés dans son souvenir pour qu'elle omît un détail.

Mais au-delà de la vision des *Masques noirs*, au-delà de ce qui s'était passé dans la chambre, la domestique ne savait rien qui pût éclairer la justice.

Pourtant, le juge d'instruction ne se tint pas pour renseigné, et reprenant chaque détail en sous-œuvre, il en fit l'objet de questions qui, toutes, pouvaient avoir leur importance.

Quand il en fut au dialogue frelaté dont nous avons reproduit les termes, il sortit du domaine des faits pour consulter les impressions de la victime.

La domestique retrouva cette idée vague, née de la ressemblance de la voix d'un des assassins avec celle d'une personne qu'elle connaissait. Mais cette similitude lui parut si absurde en la ramenant à la vraisemblance, et comme élément d'instruction, qu'elle hésita à l'exprimer. Pressée de parler, elle entoura sa réponse d'une réserve.

— Vraiment, je n'ose pas dire cela, c'est si impossible, dit-elle.

— Dites toujours ; ce qui se passe entre vous et nous sera le secret de la justice, si ce ne peut être le levier de la vérité.

— Eh bien ! Messieurs, cette voix, tour à tour française et étrangère, ressemble à celle de Monsieur.....

Quand elle eut prononcé le nom, les magistrats, tout impassibles qu'ils fussent, ne purent s'empêcher de ne jeter un coup d'œil dont l'incrédulité se traduisit par us sourire.

En effet, une supposition, basée sur ce renseignement, eut paru dérisoire et outrageante.

Toutefois, les paroles de la domestique furent recueillies et consignées dans l'instruction.

— Croyez-vous que celui qui se disait officier Wurtembergeois fût étranger, dit le juge.

— Non, Monsieur, non, reprit la domestique. C'est la même voix qui a parlé de deux façons.

— Et cette voix ?

— C'était la même que celle qui ressemble à la voix de Monsieur...

3

Et la servante répéta le nom à demi-voix.

— C'est bizarre, se dirent les deux magistrats, dans l'esprit desquels germa un vague soupçon. Et leur mission étant remplie, ils se retirèrent.

L'instruction fut poursuivie avec activité. Tous les gens étrangers ou suspects furent l'objet de minutieuses investigations qui n'amenèrent aucun renseignement. Tout le drame semblait concentré dans la maison de la Grande-Rue. Les faits préliminaires et les suites du crime accompli ne se rattachaient par aucun lien à la terrible nuit du 11 novembre 1814. L'arrivée des assassins n'était trahie par aucun de ces indices, fanaux incertains dont les lueurs douteuses finissent par éclairer la route que doit suivre la justice.

Les suites de leur triple crime n'apparaissaient pas d'avantage. Vainement les marchands furent avertis à vingt lieues à la ronde de la nature et de la forme des objets volés ; vainement une surveillance rigoureuse s'établit ; vainement on mit en œuvre tous les moyens de révélation. Il semblait que l'on dût renoncer à découvrir les misérables qui avaient égorgé l'ancien notaire et volé son riche mobilier.

Deux suppositions survivaient à toutes les incertitudes : ou les voleurs avaient disparu de Bar-sur-Seine, ou, redoutant que l'usage des objets dérobés ne vint à les trahir, ils s'abstenaient encore d'en profiter. Dans le premier comme dans le second cas, la justice se trouvait impuissante. En effet, aucun document ne venait grossir le dossier du procès.

Un jour, cette impuissance des magistrats à saisir le fil conducteur qui devait les mettre sur la voie des coupables, se traduisit d'une manière éclatante. Une affiche fut placardée sur les murs de Bar-sur-Seine.

Elle était conçue à peu près dans ces termes :

AVIS IMPORTANT.

« Le procureur impérial de l'arrondissement de Bar-
» sur-Seine donne avis au public qu'un double assassinat,
» suivi de vol, a été commis, dans la nuit du 11 novembre
» 1814, chez M. Etienne Cappron, ancien-notaire. Il ad-
» jure ceux qui auraient à donner quelques renseigne-
» ments à la justice de se présenter au parquet.

» Une forte récompense est promise à celui qui pourra
» signaler les assassins. »

Cette affiche fut placardée à Troyes, à Bar, dans toutes les villes du voisinage. L'appel qu'elle contenait réveilla à Bar-sur-Seine les commentaires et les suppositions ; elle engendra de nouvelles conjectures, mais elle ne produisit rien.

Nous nous trompons, elle fit tomber des soupçons sur une foule de gens innocents. On chercha, outre l'intérêt direct du vol, un mobile invisible, et l'on arriva à se demander si, dans la famille, il ne se trouverait pas un héritier impatient.....

Mais dans cet ordre de commentaires, il fallut rétrograder. Toute la famille semblait trop vivement affectée pour qu'un seul de ses membres donnât prise au soupçon.

Un instant, dans les campagnes de l'arrondissement, le bruit se répandit que l'auteur principal du crime était un percepteur entouré, jusque-là, de l'estime et de la considération générales.

La justice avait l'oreille ouverte, recueillait tous les bruits et les pesait dans la balance des vraisemblances.

Elle n'inquiéta aucun des parents de l'ancien notaire ; elle respecta la liberté du percepteur. Le crime n'était, en effet, ni de l'un, ni de l'autre côté.

Cependant, la population témoignait les plus vives sympathies à la famille de la victime. Un des amis les plus anciens de la maison réunit tous les parents dans un grand dîner.

C'était une façon de leur témoigner qu'il ne croyait en aucune manière à l'accusation qui avait plané au-dessus de la tête de l'un d'eux.

Ce dîner fut, comme on le pense, assez lugubre. La conversation roula presque exclusivement sur le double assassinat de la nuit du 11 novembre.

L'amphytrion témoigna une profonde indignation contre les auteurs du meurtre. Il eut des larmes dans la voix quand il parla des qualités de la victime. Son émotion produisit une sensation d'autant plus profonde, que le caractère énergique qu'on lui connaissait semblait exclure les manifestations de la sensibilité vulgaire. Chacun remercia son hôte de la part qu'il prenait à l'événement ; quand on se sépara, ce furent des poignées de main affectueuses et réitérées.

X. — LA LUMIÈRE SE FAIT.

Le 14 janvier 1815, environ deux mois après l'accomplissement du crime, un riche propriétaire, habitant une dépendance de la commune de Rumilly-les-Vaudes, arrivait à Bar-sur-Seine.

Il se rendit chez un orfèvre de la ville, nommé Etienne

Colomby, dont le père était chargé de régler ses affaires au chef-lieu.

Ce propriétaire entra avec la joyeuse familiarité qui lui était habituelle.

— Bonjour, mon brave, dit-il en secouant la main du père de l'orfèvre.

— Bonjour, Monsieur.

— Quel air vous avez aujourd'hui !

Le père de l'orfèvre poussa un soupir.

— Est-ce qu'il est arrivé quelque malheur chez vous ?

— Oui et non.

— Voici une réponse qui n'en est pas une. Expliquez-vous plus clairement.

— Je ne demande pas mieux.

— Qui vous retient ?

— Oh ! ce sont de ces choses qui ne peuvent se dire ?

— Diable, vous êtes bien mystérieux ce matin !

— Il y a de quoi, je vous jure !

— Vous piquez ma curiosité, parlez, parlez !

— Accordez moi une heure.

— Deux, si vous voulez.

— Merci, Monsieur. Alors, prenez la peine de me suivre.

Ce disant, le père de l'orfèvre conduisit l'étranger dans une chambre située au fond de la maison. Il s'assura que personne ne pouvait entendre ce qu'il allait dire ; il ferma la porte, plaça deux siéges près d'une cheminée où flambaient deux tisons.

Les deux hommes s'assirent, se rapprochèrent l'un de l'autre et parlèrent à demi-voix.

— Savez-vous que tous ces préparatifs et votre air embarrassé commencent à m'inquiéter ? dit le nouveau venu.

— Quand vous m'aurez écouté, vous verrez si j'ai raison de prendre ces précautions.

Le père de l'orfèvre se recueillit, et entrant sans plus de préambule dans son sujet :

— Que pensez-vous de l'assassinat de M. Cappron ? dit-il.

Son interlocuteur se retira brusquement.

— Quelle singulière question vous me faites ! Quelle réponse voulez-vous que j'y fasse ?

— Je vais mieux m'expliquer. Que pensez-vous des assassins ?

— Que ce sont d'audacieux misérables qu'il faudrait pouvoir connaître, pour leur infliger le juste châtiment qu'ils ont mérité.

— C'est votre sentiment ?

— N'est ce pas le vôtre ?

— Oui et non.

— Encore !

— Pardon de ne pas être plus intelligible. Mais si vous saviez !

— Si je ne me trompe, c'est pour cela que vous m'avez fait entrer ici.

— Oui. J'ai la plus grande estime pour vous, la confiance que m'inspirent votre discrétion et votre jugement est sans bornes ; pourtant j'hésite encore.

— Allons, mon ami, de la franchise, et plus la confidence que vous m'offrez est grave, plus il faut y mettre de sincérité et d'abandon. Vous soupçonnez le nom des auteurs du crime ?

Le père du bijoutier fit un signe de tête qui signifiait d'avantage. Son confident le comprit ainsi :

— Alors vous savez. ..

— Je sais.

— Les noms ?

— Oui.

— Et la justice n'est pas avertie ?

— Elle le serait si.....

Quel motif peut vous arrêter ?

— Si mon fils ne courait pas un danger terrible en les révélant.

— De quelle nature ?

— Danger de la part des assassins...

— La justice le protégera.

— Je le veux bien, mais il y a un autre péril : celui de se trouver compromis avec eux.

Le confident ne répondit pas : mais à la curiosité semble succéder la défiance ; il se leva préoccupé et fit quelques pas dans la chambre.

La sensation n'échappa point au père de Colomby.

— Vous voyez, dit-il, vous me connaissez ; je vais librement au-devant de votre confiance ; je vous prie de m'écouter, puis de me donner un conseil. Je n'ai cependant dit qu'un mot, et ce mot a suffi pour me rendre suspect. Que serait-ce devant un magistrat !

— Vous avez raison, et mon impression est une sottise. Vous ne me confieriez rien si la confidence était un aveu. Je m'assieds et je vous écoute.

— La justice vous protégera, disiez-vous tout à l'heure ; je le crois comme vous, dit le père, mais quand on n'a pas de preuves, et quand le coupable est un homme haut placé, l'ami des magistrats ou de leur famille, ne peut-on pas, en obéissant au cri de sa conscience, manquer le but et se placer dans une position périlleuse vis-à-vis des coupables?

— Fais ce que tu dois...

— Advienne que pourra, n'est-ce pas? Certes, s'il n'y avait que ce risque on devrait le braver. Mais je vous l'ai dit, il y en a encore un autre pour mon fils; celui d'être impliqué comme complice si l'on croit à la réalité de la déclaration.

— Dites, alors, que je puisse apprécier.

— Dans un meurtre suivi de vol, celui qui a reçu une partie des choses volées, qu'est-il aux yeux de la justice?

— Un complice par recel, tout au moins.

— En se voyant perdus, les assassins peuvent et doivent désirer le perdre et l'associer par leurs déclarations au crime principal.

— C'est dans les vraisemblances, quand aucun témoin ne peut justifier d'un *alibi*.

— Précisément, c'est le cas. Vous voyez combien la situation est délicate. Et ce qu'il y a de plus terrible, c'est qu'une proposition a été faite à Étienne, rue Thierry-Morel, dans le cabinet du jardin appartenant à l'organisateur du crime.

— Pourquoi n'avoir pas parlé sur-le-champ?

— Et la menace de brûler la cervelle sur une indiscrétion!

— En effet, c'est un argument.

— Mon fils, averti du projet, a dû se taire, et parce qu'il était menacé, et parce qu'il croyait à l'abandon du projet.

— Depuis le crime, il aurait pu parler.

— Pas davantage, car le péril était plus grand. L'assassin est venu, l'a averti de ce qui s'était passé et de ce que d'ailleurs Etienne n'avait pas eu de peine à deviner. Pour enchaîner son sort au sien, il lui a, les armes à la main, fait fondre des objets en lui en abandonnant le produit.

— Et ces objets?

— Sont dans la Seine.

— C'est une imprudence, on peut croire que la crainte a décidé Etienne à s'en débarrasser.

— Et s'il les eut gardés?

— C'est vrai, c'était des pièces à conviction!

— Vous voyez donc!

— En effet, c'est terriblement embarrassant. Quoiqu'il en soit, racontez-moi tout.

Le père obéit, et reprit point par point.

L'offre équivoque de 1813 faite un soir dans les rues de Bar-sur-Seine à son fils;

La scène du cabinet de la rue Thierry-Morel;

Les divers épisodes de l'atelier, de la forge, de la fonte des objets d'argenterie, suivie de leur projection dans la rivière.

Entre ces faits personnels à l'orfèvre, venait se placer la terrible nuit du 11 novembre, qui expliquait toute l'affaire et aggravait la portée des circonstances dans lesquels le bijoutier se trouvait engagé.

Quand il eut fini, le père regarda son confident d'une façon qui ne laissait aucun doute. Son regard équivalait à cette question : que faire ?

L'étranger réfléchit profondément.

— Un conseil n'est pas possible en pareille matière. Le nom que vous m'avez dit est un de ceux avec lesquels on ne saurait prendre trop de ménagements. On aurait de la peine à vous croire si les faits n'étaient pas précis comme ils le sont. Mais ce nom !.....

— Vous voici dans les mêmes perplexités que celles que nous éprouvons.

— Un nom honorable ! un homme conduit à l'échafaud, une famille déshonorée, dit en parlant à lui-même le confident du père. Non, non, je ne puis prendre sur moi...

— Vous voyez combien c'est embarrassant !

— Assurément, je ne puis vous donner un conseil. Vous êtes prudent, suivez vos inspirations, et que la volonté de Dieu s'accomplisse. Au revoir !

L'étranger se leva, serra la main du père avec effusion et sortit en laissant derrière lui l'indécision qu'il devait dissiper.

. . . .

Toutefois, à quelques jours de cette confidence, un homme se présentait chez le maire, causait longuement avec lui et le soir, quand les rues de Bar étaient assombries par l'obscurité, il venait dans l'une des salles de l'Hôtel-de-Ville, où l'attendait le procureur du roi.

Le magistrat questionna cet homme, écrivit soigneusement ses réponses et le congédia par une porte dérobée.

Cet homme était Etienne Colomby, qui après de longues indécisions, s'était décidé à sacrifier ses craintes personnelles à l'intérêt de la société et de la vindicte publique.

La lumière se faisait enfin dans les ténèbres de la nuit du 11 novembre 1814, et la justice avait enfin entre les mains le fil conducteur qui lui avait si longtemps échappé.

XI. LE MÉDECIN ET LE TANNEUR.

Un soir de la fin de janvier 1814, un homme se présenta chez le meilleur médecin de Bar-sur-Seine, qui l'accueillit avec cordialité. Cet homme avait l'air préoccupé et inquiet.

— Qu'avez-vous donc, monsieur? lui dit le médecin, il est bien tard.

En effet, onze heures venaient de sonner.

— Ma femme se trouve en proie à des spasmes, des coliques ; son état m'alarme et réclame vos soins, veuillez venir sur-le-champ.

Le médecin, sans répondre, prit un flacon d'éther et suivit son client. On arriva à la maison.

A peine entré, le maître fit passer le médecin devant lui et donna un double tour à la serrure.

Il était assez tard pour que la précaution s'expliquât. Le médecin continua d'avancer. On arriva à l'antichambre. La clé fut tournée et retirée de cette porte comme de la première.

Le médecin sembla surpris de cette précaution.

— Vous fermez les portes, comme si vous craigniez quelque chose.

— Depuis l'assassinat de M. Cappron, c'est devenu une habitude de la maison, répliqua l'introducteur d'un ton très-naturel.

— Je le conçois, dit le médecin avec une parfaite tranquillité. Quand les deux hommes furent dans la chambre de la malade, et à la troisième porte, la serrure fut fermée à double tour.

— Pour le coup, dit le médecin, je ne vous croyais pas si peureux.

— On peut l'être, dit d'une voix éclatante l'introducteur du médecin, quand on se trouve en face de l'assassin de M. Cappron!....

Le médecin recula d'un pas, sa figure devint livide et sa main se porta instinctivement à sa poitrine, comme pour y chercher une arme absente.

— L'assassin de M. Cappron! dit-il en cherchant à se remettre.

— L'assassin de M. Cappron, son ami, répliqua l'individu, en ajustant le médecin à l'aide d'un pistolet tout armé qu'il sortit de sa redingote.

Le médecin voulut avancer,

— Si tu bouges, je te brûle la cervelle, dit le terrible interlocuteur d'un ton qui annonçait une résolution implacable.

— C'est un guet-apens! cria le médecin.

— Pas comme tu les prépares, regarde!

Au même instant, quatre gendarmes, armés et cachés par les rideaux du lit, apparurent aux yeux du médecin attéré, le saisirent avant qu'il eût songé à faire un mouvement et le garottèrent.

— Au nom de la loi et en vertu des ordres dont je suis porteur, je vous arrête, dit l'interlocuteur.

C'était le lieutenant de la gendarmerie.

Le médecin fut aussitôt conduit à la maison d'arrêt.

Le lendemain, tout Bar-sur-Seine était dans un émoi indescriptible. L'assassin de M. Cappron et de sa servante était arrêté et cet assassin était le docteur Jean-Baptiste A..., le médecin de la victime, l'ami des parents, le dernier de ceux sur lesquels on aurait eu des soupçons.

Le docteur, avons-nous besoin de le dire, était l'homme qui en 1813 avait offert son assistance à l'orfèvre Colomby.

C'était lui qui à diverses reprises avait promis de l'argent à l'artisan malheureux;

C'était l'agent provocateur du cabinet du jardin de la rue Thierry-Morel, où l'on a vu se passer entre deux canons de pistolets et deux verres de vin, la scène que nous avons racontée;

C'était celui qui avait placé sous sa dépendance, à l'hôpital militaire de Bar, deux hommes, Colomby, l'orfèvre, et Jocher, le compagnon tanneur;

C'était l'un des deux assassins qui, dans la nuit du 11 novembre, avaient pénétré dans la maison du notaire par le soupirail de la cave, conduit l'expédition, mélangé d'allemand et de français sa conversation avec la domestique épargnée;

C'était enfin le visiteur du bijoutier, l'homme aux lingots de l'atelier, le cavalier qui, dans la nuit, avait gagné le bois de Notre-Dame pour y cacher une partie du produit de son double crime.

Quel était son complice?

Franchissons l'intervalle de huit jours et nous allons le découvrir:

Le 7 février à 5 heures du soir, un gendarme se promenait dans les rues de Bar-le-Duc et passait devant l'hôtel des *Trois Marchands*. Il y avait près d'une demi-heure que le soldat se livrait à cette promenade sans perdre de vue la grande porte de l'hôtellerie. Tout à coup, il sortit de son impassibilité, avança à grands pas et se plaça contre l'un des jambages de la porte charretière.

Des coups de fouet retentirent, un cheval attelé à une forte voiture sortit en frappant vigoureusement du pied le pavé de la rue. Un homme le conduisait.

A peine cet homme fut-il en vue que le gendarme s'en approcha et le saisit brusquement au collet.

Au nom de la loi, je vous arrête ! dit-il aussitôt.

L'individu surpris sembla, au contact de la main du gendarme, ressentir l'influence d'une secousse électrique. Attéré, confus, il ne put balbutier une question.

— Vous êtes Jean-Clair Jocher, de Bar-sur-Seine, et je vous arrête, répéta le gendarme.

Jocher retrouva la parole, mais toute présence d'esprit l'abandonna.

— Est-ce que l'on me soupçonne d'avoir assassiné M. Cappron ? dit-il en tremblant.

Le gendarme haussa les épaules.

— Je crois, repliqua-t-il, qu'il y a quelque chose comme cela.

Le tanneur s'aperçut de sa maladresse, il voulut la réparer ; affectant un air de bonhomie indignée :

— Je n'aurais pas cru, dit-il, qu'on aurait pu me soupçonner.

— La justice éclaircira cela, soyez tranquille, dit le gendarme en conduisant son prisonnier devant le procureur du roi.

On fouilla le compagnon tanneur, sur lequel se trouva une montre en or, — la montre qui se trouvait au chevet de M. Cappron.

Un pistolet de calibre et deux pistolets de poche étaient sous la bâche de la voiture conduite par le compagnon, et dans les poches, outre une pièce d'or, se trouvait une poire à poudre pleine.

Le tanneur Jean Dugny, de Reuvigny-sur-Ornain, un moment inquiété, fut bientôt relâché.

Chose étrange ! quelques jours avant l'arrivée du gendarme, Jocher avait dit à Didelin, marchand-boucher : « L'un des assassins du notaire de chez nous est porteur de sa montre. »

Dans les Ardennes, aux approches de Givet, Jocher avait présenté sur la route un pistolet chargé à son patron en disant : *A quoi tient-il ?* Cette funèbre plaisanterie avait frappé M. Dugny et diminué sa confiance dans son compagnon.

Les dépenses, les indiscrétions, les mots équivoques, tout fut recueilli. Jocher, accablé, voulut se laisser mourir de faim en prison, mais le brigadier qui le conduisait à Bar-sur-Seine parvint à changer sa détermination.

Si nos lecteurs savent quels sont les coupables, la justice ne le savait pas encore. Elle n'avait pour tout point d'appui que la déclaration de l'orfèvre, et elle devait se hâter d'en vérifier l'exactitude.

Le premier interrogatoire de Jocber ne produisit que des dénégations.

Quant au docteur A...., il n'est pas besoin d'ajouter que ses réponses repoussèrent non pas seulement l'exécution du crime, mais même l'idée qu'il en eût eu la pensée.

Les interrogatoires furent laborieux pour le magistrat. Le docteur était un homme d'une grande pénétration et d'une vive intelligence, il devinait le sens et la portée future d'une réponse maladroite ou compromettante ; il se tint sur la défensive avec une habileté désespérante.

Une visite domiciliaire suivit immédiatement son arrestation.

Dès le lendemain matin, le procureur du roi, le juge d'instruction, son greffier et le lieutenant Gallois se transportèrent dans la maison du docteur.

Dans le tiroir de son bureau, on trouva 2,200 fr. en or, en un seul rouleau. Diverses pièces d'or et d'argent se trouvaient dans le tiroir.

Dans le portefeuille du docteur se trouvaient des valeurs dont la propriété et l'origine n'étaient pas suspectes.

Mais en cherchant dans la pharmacie de son cabinet, on découvrit une petite boîte en fer servant à renfermer du thé ; une quantité de pièces d'or qui, réunies, formaient 6,960 fr., s'y trouvaient.

Ce n'étaient là que des indices, car les bénéfices de la profession pouvaient expliquer, sinon la cachette, au moins l'existence et la possession de la somme.

En poursuivant les recherches, on trouva la gaine d'un couteau de chasse qui se rapportait à l'indication fournie par le bijoutier Colomby. A côté se trouvaient deux mauvais sacs qui avaient été mis en terre.

Ce ne fut pas tout.

Sur une indication particulière fournie à la justice, on alla droit à l'écurie du docteur.

—Quelques coups de pioche, donnés à la muraille sur laquelle on apercevait les traces d'une récente réparation, firent tomber des pierres mal assujetties. Bientôt, sous le fer, une vibration argentine éclata aux oreilles des assistants.

Des pièces d'argenterie tombèrent sur le pavé de l'écurie.

Il y en avait un grand nombre. Dix-sept couverts d'argent, marqués aux initiales accusatrices E. C. (Etienne Cappron), deux grands couverts à découper, huit cuillères à ragoût, apparurent successivement avec le chiffre accusateur, ce *Mane Thecel Pharès* qui dénonçait le crime et son auteur. Un grand nombre d'autres pièces furent trouvées dans l'épaisseur de la muraille.

Plus de doute, l'accusateur avait dit vrai, et ses attestations, un moment suspectées, prirent toute la puissance d'une incontestable révélation.

La valeur réunie des objets volés s'élevait à 20,000 fr., dont la plus forte partie se trouvait en la possession de l'organisateur du crime commis chez l'ancien notaire. Armée de ces terribles renseignements, la justice ne pouvait manquer de savoir, dans toutes ses circonstances, le crime commis dans la nuit du 11 novembre.

XII. — RÉVÉLATIONS.

Aussi longtemps que dure l'impunité, la mémoire des gens qui connaissent le coupable, semble sommeiller. Mais quand le bras de la justice s'est appesanti sur un homme qui semblait à l'abri de ses coups, les souvenirs ont d'effrayants réveils. L'éclat d'une inculpation projette des lueurs jusque dans les plus obscurs, lointains ; les esprits sont alors ingénieux en rapprochements, en détails ; des affinités, jusqu'alors inconnues, s'établissent entre les faits isolés ; il jaillit des corrélations, des significations et des rapprochements singuliers, risqués souvent, vrais quelquefois. La jeunesse de l'homme, ses paroles, expression douteuse de ses sentiments, deviennent d'accablants indices. Un acte unique et inaperçu dans sa manifestation primitive, se noue comme le grain d'un chapelet à la succession des faits qui constituent l'accusation ; rien ne peut lui enlever son relief ; il compte d'un poids certain dans la balance des présomptions. L'opinion explique tout ; elle aggrave, elle dénature ; c'est la vérité ou c'est la calomnie : qu'un acquittement suive l'accusation, il n'en restera pas moins au fond des esprits quelque chose de pire que la conviction : un instinct tournant, comme l'aiguille de la boussole tourne vers le pôle nord, du côté de l'incrimination. Les meilleurs arguments tomberont devant cette idée vulgaire dont la formule est sans réponse : *il n'y a pas de fumée sans feu* !

C'est ce qui arriva au docteur A...

Dès qu'il fut mis en état d'arrestation, à la stupéfaction succéda le commentaire. Les souvenirs effacés reparurent sous l'influence de l'accusation avec une vivacité qu'ils n'avaient pas dans leur état primitif, et leur conclusion fut celle-ci : ce n'est pas étonnant !

Disons, pourtant, que dans le nombre des rapprochements, les données conjecturales furent en minorité et que ceux que recueillit la justice eurent une véritable gravité.

On va en juger.

La belle-fille de M. François Cappron, qui avait recueilli la dernière confidence de son beau-père, déclara ce que l'accomplissement du crime prouvait d'une façon trop certaine, c'est que le docteur, médecin de la victime, était reçu en même temps comme ami de la maison, et qu'à ce titre il en connaissait à fond les êtres.

Au yeux de M. Cappron, le docteur passait pour un homme dur, mais cette opinion ne semblait pas aller au-delà de ses actes professionnels.

Le jardinier Mahu vint apporter aussi sa pierre à l'accusation, et sa déposition n'était pas une des moins importantes. Au mois de décembre, intrigué des précautions que le docteur prenait, quand il entrait dans le cabinet du jardin de la rue Thierry-Morel ou quand il en sortait, Mahu en parla à la servante. Il voulut voir ce que pouvait contenir le cabinet, mais le trou de la serrure, cet observatoire des gens curieux, était soigneusement bouché. Un jour, cependant, le docteur oublia de fermer la porte ; le jardinier s'approcha, convaincu qu'il apercevrait un squelette, mais il ne vit qu'une paire de pistolets — les mêmes qui avaient joué un rôle dans la tentative d'embauchage dirigée sur l'orfèvre Colomby ; c'était un indice qui plantait un jalon dans le chemin de l'instruction et consolidait la déclaration faite au procureur du roi.

Au mois de janvier, le docteur était venu chez le sieur Creux, huissier à Bar-sur-Seine, et avait entamé une conversation familière avec la femme de cet officier ministériel.

L'assassinat de M. Cappron ne pouvait manquer d'intervenir dans cette occasion ; c'était la fin obligée de tous les propos, car les esprits étaient en quête de suppositions pour arriver à deviner les mystérieux auteurs de ce crime.

— Les assassins ont beau faire, docteur, ils finiront par être découverts, dit la femme de l'huissier.

— Vous croyez ? répliqua ironiquement le médecin.

— J'en suis sûre !

— Sûre ! c'est bien hardi, ce que vous dites, madame ; et que leur feriez-vous ?

— Oh ! vous devez le penser.

— Je le suppose. Mais laissez faire, ils ne seront pas découverts ; ils ont une tête plus solide que la vôtre.

Il y avait dans l'accent du médecin quelque chose de si affirmatif, qu'il passa dans le cerveau de l'interlocutrice non pas une idée susceptible d'une formule, mais une mauvaise impression.

Le médecin venait précisément parler à l'huissier d'un placement de dix mille francs qu'il avait à faire. Il l'offrait à l'huissier sous le bénéfice d'une subrogation dans le privilége du vendeur, pour l'employer à l'acquisition d'une maison.

Dix jours avant celui de l'assassinat, il s'était produit un fait dont l'interprétation pouvait avoir une grande portée. Le 1er novembre, M. Théodore Thiesset, juge de paix à Bar-sur-Seine, avait rendu visite à M. Cappron.

Celui-ci avait passé une nuit fort agitée, et il attribuait cette agitation à l'influence des pilules que son médecin lui avait fait prendre. Ces pilules étaient, en grande partie, composées d'opium. Sur les conseils du visiteur, le vieillard renonça à continuer l'absorption du remède qu'il devait prendre pendant plusieurs jours.

Le confident du père de l'orfèvre Colomby eut son tour et vint confirmer la déclaration recueillie à l'Hôtel-de-Ville.

Le percepteur, un instant signalé comme ayant pu tremper dans l'assassinat, découvrit la voix qui l'avait perfidement signalé. Il sut que le médecin, dont la justice s'était emparée, l'avait désigné comme le complice d'un neveu de la victime. Tout le monde s'était tu pendant les premiers temps; l'accusation qui venait d'éclater avait seule eu la puissance de révéler la main qui avait stigmatisé le percepteur. — Ce témoin apporta aux éléments de l'instruction un renseignement qui trahissait la brutalité des instincts de l'accusé. En conseillant des représailles au percepteur à l'occasion d'un dégât commis dans ses vignes, il avait dit :

— Prenons chacun un poignard, un pistolet et une bêche, et il faut tuer tous ceux qui approcheront, sans nous laisser reconnaître. — Ce propos avait été signalé aux magistrats, longtemps avant l'accomplissement du crime, et il avait amené une rupture entre le médecin et le percepteur.

Les longues conférences et les nombreux rapports du docteur avec le compagnon tanneur, Jocher, avant et après le crime, avaient toujours paru singuliers. Ils ne s'expliquaient ni par l'âge, ni par l'éducation; l'accusation en donna subitement la clé. Le médecin les expliquait par les préliminaires d'un contrat de vente; mais ses démarches pour faire passer le tanneur en Amérique, n'avaient pas le même degré de vraisemblance. Expatrier Jocber semblait, à juste titre, une singulière façon de lui témoigner de l'intérêt.

Aux preuves matérielles, résultant de la découverte de l'argenterie de la victime dans l'écurie du médecin ; à la déposition détaillée de l'orfèvre, aux éléments indirects de conviction, vinrent se joindre les dépositions des trembleurs et des faits de moralité.

Un marchand de Bar-sur-Seine revenait un soir de Landreville. Il fut rejoint par un cavalier ; c'était le médecin. Les montures des deux hommes marchèrent côte-à-côte. Il faisait nuit noire. Entre Celles et la Villeneuve, le médecin, silencieux depuis quelques instants, prit subitement la parole.

— Vous venez de faire un bon héritage.
— Assez bon, comme vous savez.
— Et vous rapportez les écus ?
— Non, je ne les ai pas avec moi.
— Vous dites cela ?
— Vous pouvez y voir.

Les mains du médein palpèrent le porte-manteau et acquirent la preuve de la réalité du fait.

Quelque chose de bien autrement grave fut signalé au juge d'instruction ; pourtant c'était un souvenir vieux de 28 ans.

Dans une chambre dont l'atmosphère tiède, le mobilier, un lit occupé par une femme encore jeune, mais déjà flétrie, indiquaient une chambre de malade, se trouvaient deux très-jeunes gens. L'un avait seize ans, l'autre avait dépassé la vingtaine. Le plus jeune semblait le moins impressionné ; pourtant une femme se débattait là dans les convulsions de l'agonie !

Un enfant de 16 ans a les sensations vives, le cœur plein d'effusion et les yeux aisément obscurcis par les larmes ; il dépense, en quelques heures, le chagrin de plusieurs mois à la moindre douleur. Qu'est-ce donc quand il s'agit d'une mère, l'être qui l'a élevé, qui le protège, qui le console par ces ingénieux moyens que, seul, le cœur sait inventer. La mère est la source de la première impression de bonheur ; c'est la dernière qui s'efface ; une mère est la croyance même de ceux qui ne croient pas en l'humanité ; c'est la religion qui reste aux âmes qui n'en ont plus.

Or, c'était la mère de cet adolescent de 16 ans, qui se mourait en 1786.

On pense peut-être qu'il jouait la comédie de la douleur, et qu'aux larmes rétives, il substituait des sanglots hypocrites ?

On se trompe si on le suppose ; ce jeune cynique attendait la fin de cette existence avec un odieux sang-froid ; il avait amené un ami pour lui donner le spectacle de l'exhalaison du souffle suprême de celle qui l'avait créé, aimé et élevé.

Il avait introduit cet ami par un mot que notre plume se refuse d'écrire, et il observait l'influence de la maladie arrivée à son terme, avec le sang-froid d'un spectateur ennuyé. — Le spectacle lui parut long.

— Elle ne va pas mourir encore, dit-il ; *en attendant, je vais boire un coup* (1).

Il descendit en effet, et quand il fut revenu il reprit place au chevet du lit de la mourante.

Le père était là pensif et attristé.

L'enfant prit la parole.

— Quand maman sera morte, dit-il, il en faudra faire un squelette (2).

La mère, dont les yeux vitreux s'éteignaient dans les ombres de la mort, entendit ces horribles paroles. Les lueurs errantes dans ce regard indécis, se réunirent ; ce fut quelque chose comme le coup d'œil du Christ en croix, se répandant sur ses bourreaux : comme Jésus, la mère souffrait sa passion

Le père avait entendu ; il ne s'indigna pas ; il frémit , il eut peur.

L'étranger sortit glacé au cœur, le front brûlant, la poitrine oppressée ; il déchargea son âme chez ses parents, et 28 ans après, il se souvenait de ces paroles d'un fils au pied du lit de sa mère ; 28 ans après, il ressentait pour l'homme, l'horreur que lui avait inspiré l'enfant.

L'enfant était devenu grand, le fils était devenu père.

C'était le médecin accusé du meurtre horrible commis le 11 novembre 1814.

Nous ne savons ce que dût éprouver le juge d'instruction, car la procédure ne laisse pas deviner les émotions du magistrat. Mais, pour nous, cette scène, qui remontait pourtant à 1786, nous eut plus profondément convaincu que tout le reste.

La complicité du compagnon tanneur signalée par l'orfèvre Colomby, d'après les cyniques confidences du médecin, fut plus facile encore à prouver que celle de l'organisateur du crime.

Les dépenses exagérées de l'ouvrier, ses pièces d'or libéralement semées, l'argent prêté au tanneur Dugny, de

_____

(1) (2) Nous rappelons encore que tout affreux que paraissent ces détails, nous n'en sommes que le scrupuleux greffier.

Reuvigny-sur-Ornain, constituaient déjà de suffisantes présomptions pour que la justice s'assurât de l'individu. Le sens de l'exclamation poussée par le complice du docteur A.... à la porte de l'auberge *des Trois Marchands*, à Bar-le-Duc, quand un gendarme vint l'arrêter; la montre de M. Cappron, témoin accablant du crime, et dont Jocher était porteur, aggravaient encore les présomptions.

Puis des présomptions on passa aux indices, et des indices aux preuves.

Justifiées par une succession imaginaire, les dépenses de Jocher, à Reuvigny et à Bar-le-Duc, n'eurent plus qu'une source inexplicable pour lui, expliquée pour tout le monde.

Le soir du 11 novembre, Jocher devait aller aux Riceys; à 10 heures il était en conversation chez le concierge de la maison d'arrêt, avec un gendarme, et le reconduisait jusqu'en face de la rue Thierry-Morel; le lendemain matin, pâle et défait, Jocher se montrait dans deux maisons, donnant ainsi la preuve que le voyage des Riceys n'était qu'une supposition préparée pour expliquer son absence de la maison de sa mère. — Quand il voulut expliquer comment la montre, les pièces d'or, les valeurs se trouvaient entre ses mains, les mensonges contradictoires, dont il avait payé les curieux de Bar-sur-Seine et de Reuvigny, se détruisirent mutuellement. D'accidentelles, les relations de Jocher et du médecin, avant le 11 novembre, étaient devenues fréquentes et intimes depuis ce jour.

Colomby, le flambeau de cette ténébreuse affaire, rapporta encore les plaintes du médecin contre son complice. Jocher avait déterré l'argent caché dans le jardin de la rue Thierry-Morel et grossi sa part aux dépens de celui qui avait fait la sienne.

On se rappelle le mot imprudent du compagnon à un boucher de Reuvigny : « L'un des assassins de M. Cap-» pron est porteur de sa montre. » Cette montre, on l'avait trouvée dans les poches de Jocher !

Une autre parole jetée au vent d'une rencontre, était venue de ricochet en ricochet, jusque dans le dossier de l'instruction.

Cinq jours avant l'accomplissement du double meurtre, un ancien compagnon menuisier de Troyes, jeune homme de 28 ans, nommé Pierre Dard, allait chercher du bois qu'il avait acheté aux Riceys; le compagnon était devenu maître.

Il traversait Bar-sur-Seine, quand il se trouva en face

4

d'un homme qu'il avait connu à Villeneuve et à Donnemarie, près de Provins, pendant la durée de son tour de France.

On sait l'effusion qu'engendre le compagnonnage. Les deux hommes passèrent la journée à Bar-sur-Seine, racontant leurs souvenirs de la Brie, et fêtant le vin de la Basse-Bourgogne.

Dard signalait son établissement, en qualité de patron, comme un acheminement à une position.

— Moi aussi, j'en aurai une position, répondit le camarade.

— Et laquelle?

— Oh! quant à ça, ce ne sera pas comme la tienne. Je projette quelque chose avec un médecin de Bar-sur-Seine; si l'affaire réussit...

— Eh bien!

— J'irai te faire mes adieux pour toujours.

— Et pourquoi?

— Parce que je partirai pour les Iles.

Les *Iles* étaient la Californie et l'Australie de ce temps-là. On y allait à la recherche d'une prompte et colossale fortune; une idée de ce genre coupait court à toutes les questions.

Six jours après, l'homme qui avait un projet avec un médecin de Bar-sur-Seine, l'accomplissait. L'homme, c'était Jocher; le projet, c'était le meurtre et le vol.

Le docteur A.... était l'ami et le médecin de M. Cappron.

Le tanneur Jocher, traduit devant les tribunaux de Bar-sur-Seine sous l'inculpation de vol, avait eu pour protecteur M. Cappron. Blessé de l'accusation portée contre le compagnon, l'ancien notaire avait retiré, des mains de l'accusateur, l'argent qu'il lui avait prêté.

— Le brave homme! avait dit Jocher.

Et ce *brave homme*, client, ami du médecin, avait péri sous les coups de son protégé et du docteur!

Jamais éléments de conviction plus puissants ne s'étaient réunis pour prouver l'identité des coupables.

C'est alors que se produisit un incident imprévu.

XIII. — La Prison de Bar-sur-Seine.

L'audace était confondue, le crime signalé, les coupables présumés étaient écrasés sous le poids de révélations de toute nature.

La conviction était partout. Le médecin honoré, l'ami des personnes haut placées de la ville, celui qui avait pu braver si longtemps la justice humaine, succombait sous l'action vengeresse de la Providence.

Il était en prison, au fond de son cachot, les pieds enchaînés, les mains liées étroitement, seul en face du remords et de la peur.

Il avait peur, l'assassin du notaire et de la pauvre fille; peur de l'échafaud, dont il apercevait le lugubre mirage dans les terreurs de son esprit; peur de l'opinion qu'il avait bravée; peur du déshonneur, qu'il répandait sur les siens; il avait peur du lendemain, car il mesurait la marche du temps pour lui, comme il l'avait mesurée autrefois pour les autres.

Cette âme bronzée avait des frissons et des défaillances. Impassible et cynique en face du crime, elle avait des affaissements profonds en face de la repression vengeresse qui veillait à la porte de la prison.

L'espoir essayait parfois de vaincre la peur; mais il se débattait au milieu d'éléments qui le comprimaient bien vite.

L'accusé avait nié, éludé les questions, repoussé les insinuations périlleuses, mais la mémoire des témoins affirmait.

Plus énergiquement que les témoins, les faits et les preuves parlaient à leur tour.

Les résultats du crime attestaient le crime et en marquaient au front les auteurs.

Le misérable pesa tout, discuta avec lui-même le poids des apparences et de la réalité; il plaida devant la cour, qu'il évoquait entre les quatre murs de son cabanon, les moyens à opposer aux éléments de son procès. D'abord il se prit à supposer qu'il vaincrait la justice et qu'il aurait réponse à tout :

— *On ne l'avait pas vu!*

— Mais l'orfèvre révélateur?

— Calomniateur vindicatif.

— La confidence qui avait suivi la proposition?

— Invention invraisemblable, absurde; effet sans cause.

— Les relations d'amitié?

— Obstacle insuffisant, puisqu'on accusait bien l'ami d'avoir tué son ami.

— Et l'argent trouvé chez lui?

— Gain de son métier.

— Mais l'argenterie marquée au chiffre de la victime et trouvée dans sa propre écurie?

— Cachette choisie par un voleur habile!

— Pourtant la voix reconnue par la vieille domestique?

— Illusion ou similitude singulière facile à expliquer par le trouble d'une femme effrayée.

— Le complice?...

— Il nie, il doit nier.

Après avoir ainsi dressé son système de défense, le détenu en examinait les détails, mais en les analysant, il s'apercevait qu'un grain de sable lui faisait perdre l'équilibre. Ses explications prenaient alors un décourageant degré d'invraisemblance ; tant de choses, puériles en apparence, venaient s'ajuster dans les faits généraux, et leur donner de la consistance, qu'elles devenaient plus convaincantes que les chefs principaux. Les cordes signalées dans le cabinet du jardin, par l'orfèvre, se trouvaient aux pieds et aux mains de la domestique de l'ancien notaire ; les *masques noirs* montrés au jardin se retrouvaient par lambeaux sur le théâtre du crime ; on l'avait vu travailler à son mur, et derrière ce mur se retrouvaient les objets volés !

A l'espérance succédaient alors des désespoirs sans fin, des angoisses terribles. Puis une autre voie s'ouvrait encore : une évasion et une fuite.

Tout enchaîné qu'il fût, le prisonnier voulut mesurer encore cette chance. Réunissant ses forces, il se traîna dans son cachot ; il en sonda les murs ; il tâta, de ses mains enchaînées, les joints des pierres ; il en égratigna les angles et en étudia l'appareil ; partout il trouva des obstacles qui lui parurent invincibles.

Restait l'étroite ouverture par laquelle des barreaux de fer tamisaient la lumière. Un coin du ciel, treillissé par les liens du grillage, apparaissait au regard éperdu du misérable, comme une dérision. La liberté, le grand air, c'est-à-dire la vie et le salut, étaient de l'autre côté de ces branches de métal.

Se dégageant par une secousse dont la fièvre doublait l'énergie, le prisonnier eut les mains libres. Il recommença à visiter, à sonder les murailles, se servant pour cette oscultation désespérée, des fers dont il avait dégagé ses mains. Les pierres rendirent un son plein et sourd, indice de leur solide fonction.

Il revint alors à la fenêtre. S'exhaussant au moyen de l'escabeau qui lui servait de siége, de la paille dont il faisait son lit, il put atteindre aux barreaux qui fermaient la baie de la fenêtre. Un vent tiède, précurseur du printemps, inonda sa figure et ses mains ; c'était comme une promesse et un encouragement. Se glissant sur le biseau intérieur de l'appui, rampant, s'accrochant, il arriva enfin aux barreaux. Ses mains, convulsivement crispées, saisirent avec ardeur l'obstacle qui devenait une espérance.

Il les secoua tous, comptant sur quelque scellement désemparé.

Chaque branche, solidement fixée dans la pierre, resta inébranlable aux secousses que lui imprimait le prisonnier.

Le docteur mesura l'intervalle.

Il y avait à peine pour passer la main fermée.

Eut-il eu un levier, le prisonnier n'aurait pu, dans le vide élargi, faire passer la moitié de son corps.

Que faire?

Ce ciel pur, cet air doux, promesses et espérances un instant auparavant, devinrent comme un feuillet déchiré de l'Enfer du Dante.

Le médecin se laissa plutôt tomber que glisser sur les carreaux de sa prison. Les ressorts de cette énergie, tendus par l'espoir, se distendirent sous l'influence de l'abattement.

L'homme aux moyens violents, qui avait commis un crime pour de l'argent, dut avoir la pensée d'en essayer un pour sauver sa vie. Il fut forcé, s'il y songea, de s'en avouer l'impossibilité. Fermée la nuit, sa prison ne s'ouvrait que devant un homme armé. Derrière cet homme, il y avait encore d'autres obstacles : des gendarmes veillaient sur le prisonnier.

Ce qui est certain, c'est que l'homme, mari et père, pensa à sa famille, à sa femme qu'il aimait, à ses enfants qu'il chérissait. Le meurtrier, le voleur, tenait à l'humanité par ces deux sentiments : l'affection conjugale, l'instinct de la paternité. Il sentit ce que valait la vie, en découvrant qu'il avait au cœur les deux mobiles qui la rendent surtout précieuse. Qui sait ! Peut-être se souvint-il de cette mère pour laquelle il avait été un enfant si misérable. Il dut reconnaître alors le doigt de la Providence qui le punissait par les sentiments auxquels il avait failli.

Toutefois, l'heure à laquelle le geôlier le visitait, s'annonça par les vibrations de la cloche de l'église.

Le docteur se hâta de reprendre ses liens, après avoir effacé les traces du désordre qui régnait dans la prison.

Quelques minutes après, le geôlier entra.

Cet homme ne pouvait se défendre, en face de celui qu'il avait connu entouré de la considération publique, de quelques ménagements. Il avait des égards pour son prisonnier, et laissait deviner que derrière le criminel il apercevait encore le médecin et l'homme du monde.

— Ne vous laissez pas ainsi abattre, monsieur, dit le geôlier en voyant l'air morne du docteur.

— Tout m'accable : que puis-je espérer?

— Tant de gens ont dit cela, qui se sont tirés d'affaire !

— N'essayez pas de me tromper, je sais ce qui m'attend.

— Est-ce qu'on sait jamais, avec la justice, comment les choses finissent?

— C'est vrai, mais autrement que vous le croyez, mon ami. L'innocent a autant de risques à courir que le coupable.

— Ce n'est pas mon avis, et si vous pouviez prouver !...

Le médecin secoua la tête pour toute réponse.

— Je ne vous demande pas des encouragements et des espérances impossibles, dit-il au geôlier. Je ne souhaite qu'un service de peu d'importance pour vous, d'un grand prix pour moi.

— Pourvu que mon devoir ne s'y oppose pas....

— Je ne le crois pas.

— Alors, demandez.

— Quand vous apporterez mon dîner, donnez-moi ce qu'il faut pour écrire.

— Mais vos mains enchaînées?

— Est-ce que vous ne pourriez pas les détacher....

Le geôlier se gratta la tête.

— Détacher !... On m'a dit de surveiller vos liens, dit-il, donc ce ne peut pas être pour que vous ayez les mains libres.

— Sans doute, quand vous n'y êtes pas. Mais si vous restez pendant que j'écrirai?

— Je sais que c'est une raison, dit le geôlier, vacillant en faveur du biais ouvert à ses scrupules sur la consigne.

— Il est bien entendu que vous les rattacherez. Que peut-il arriver en votre présence!

— Rien, répliqua le geôlier avec confiance.

— Il n'y a donc pas de raison?

— Mais...

— Pas de mais, si vraiment vous voulez m'être utile. Qu'est-ce qu'un quart-d'heure! Je veux écrire deux lettres.

— Et ce sera tout?

— Absolument tout.

— Pour vous, je me risquerai.

— Voilà une bonne parole : merci. C'est une bonne action que vous faites et c'est un service que vous rendez à moi et...

Le médecin s'interrompit.

— A qui? répliqua le geôlier.

— Vous le saurez plus tard. Bientôt le médecin resta seul.

A l'agitation fiévreuse entretenue par l'espoir, avait succédé un calme effrayant. La tête dans ses mains, le prisonnier parcourait ses quarante-quatre années d'existence, sinon sans reproche, au moins sans honte, honorées par les gens les plus honorables et qui venaient, en une nuit d'échouer misérablement dans le sang; pourquoi? Pour un peu d'argent. L'homme avide, le médecin besogneux, avare et prodigue tout ensemble, avait disparu. Il restait une intelligence qui pesait les choses à leur valeur.

Cette espèce de confession intime se prolongea jusqu'au retour du geôlier qui apportait le dîner du prisonnier et ce que celui-ci avait sollicité.

— Tenez, dit le visiteur, je ne ferai pas les choses à demi. Dans votre position, on n'aime pas les figures qu'on subit, et on aime à demeurer seul. Écrivez ce que vous avez à écrire. Je serai là... dans le vestibule, pour éviter les surprises et pour que vous soyez libre.

— Merci, mon ami ; ce que vous faites est d'une délicatesse que je voudrais reconnaître.

— Allons, c'est dit, donnez...

Le geôlier détacha les mains du prisonnier et sortit. Son pas cadencé retentissait seul dans le silence du cachot.

Le médecin prit à la hâte quelques bouchées, il but un peu de vin, et se mit à écrire.

Des larmes roulaient dans les yeux de cet homme, qui avait raillé en enfonçant un poignard dans la gorge de deux innocents.

Il écrivait à sa femme. Quand sa lettre fut écrite, le médecin la plia ; il prit sur lui quelques objets, en fit un paquet, et il écrivit cette suscription :

A Monsieur Félix, de Noiron, pour remettre, après ma mort, à la divinité de mon âme, épouse du docteur A...., de sa part, à Bar-sur-Seine.

Cette première lettre avait été écrite tout d'un jet, et sous l'influence d'émotions que ce qui précède suffit à faire deviner.

Le prisonnier allait reprendre la plume et écrire encore. Mais une réflexion subite sembla l'arrêter.

On aurait aisément deviné que ce qu'il allait faire était décisif et solennel, rien qu'à voir son attitude.

Il commença pourtant ; mais, aux premiers mots, il s'arrêta pour réfléchir de nouveau.

La décision vacillante du docteur sembla néanmoins se consolider ; il y eut dans le geste quelque chose comme le mouvement d'un homme qui donne tête baissée dans un péril.

Lorsque cette seconde lettre fut écrite, le docteur mit cette adresse :

A M. Félix, de Noiron, à Bar-sur-Seine.

Le paquet et la lettre furent glissés dans une poche du médecin.

Les pas du geôlier se faisaient toujours entendre.

Le prisonnier se leva, évitant de faire grincer les anneaux de la chaîne qui attachait ses pieds. Il glissa, dans la paille de son lit, la serviette qui accompagnait la vaiselle de son dîner, puis il se replaça dans la position qu'il venait de quitter.

— Est-ce fini? dit le geôlier, de l'autre côté de la porte.

— Oui, répliqua le médecin.

— Tant mieux, j'avais peur qu'on ne vînt me surprendre, ajouta le geôlier en rentrant.

Les mains du prisonnier furent rattachées derrière le dos ; le geôlier ramassa les objets qu'il avait apportés.

— A propos, et vos lettres?...

— Je les garde, plus tard je vous les remettrai, quand le moment sera venu.

— Vous pouvez compter sur moi.

Et le geôlier sortit, fermant avec soin la porte du cachot.

Encore une fois le prisonnier resta seul.

Ce jour était le 11 février, la date trimestrielle de l'assassinat de l'ancien notaire.

Un événement, déjouant toutes les prévisions, devait donner deux dénouements au drame du 11 novembre 1814.

XIV. — DOUBLE DÉNOUEMENT.

Les *Masques noirs* étaient destinés à donner à la population de Bar-sur-Seine, tous les genres d'émotion.

Depuis trois mois les ressorts de l'âme et de l'esprit étaient tendus. L'horreur, l'épouvante, l'indignation se succédaient et se remplaçaient suivant les phases du drame et ses péripéties. Les indiscrétions furent nombreuses ; elles grossirent et dénaturèrent quelquefois les faits ; mais elles étaient un aliment dont s'accommodait une curiosité d'autant plus ardente, qu'elle n'avait guère ordinairement de sujets d'occupation.

Si nous voulions raconter les fables qui circulèrent, les inventions bizarres auxquelles se livrèrent les gens désireux de se faire écouter, nous allongerions démesurément le récit déjà long de cette célèbre affaire.

Les murs de la prison et leur profonde discrétion n'arrêtaient pas les commentaires. Depuis l'arrestation du docteur, c'était le centre où aboutissaient toutes les pensées. Chacune des évolutions de la justice était observée avec un soin scrupuleux. Au sortir du cabinet du juge d'instruction, chaque témoin était obligé de témoigner autant de fois qu'il rencontrait de connaissances.

Cependant, le terrible drame arrivait à son dénouement.

La justice était en face de dépositions énergiques, qui ne lui laissaient pas de doutes.

Elle avait entre les mains des pièces à conviction plus éloquentes encore que les dépositions.

Les deux coupables, signalés par les éléments de la procédure, étaient entre ses mains ; mais ce qui lui manquait, c'était un aveu, moins qu'un aveu, une seule réponse équivoque.

Le docteur avait déjoué toute la sagacité de M. Breton, juge d'instruction, qui, plus tard, vint prendre place dans la magistrature de Troyes. L'accusé avait nié, expliqué chacune des circonstances qui l'accusaient, d'une façon plus spécieuse que vraisemblable, mais enfin, il n'avait pas laissé de prise contre lui, et c'était d'une main ferme qu'il avait signé ses réponses.

En supposant que son complice se tiendrait sur la défensive, l'accusé principal ne s'était pas trompé. Quoique d'une intelligence bornée, Jocher, le compagnon tanneur, se montrait circonspect, et, de peur de s'égarer dans les explications, il n'expliqua rien, il n'aventura ni conjecture, ni supposition ; il s'obstina dans la négation pure, l'émaillant de protestations de reconnaissance pour *ce pauvre M. Cappron*. Forcé de s'expliquer sur l'argent qu'il avait dépensé avec tant de libéralité à Reuvigny-sur-Ornain, à Bar-sur-Seine, partout où il avait passé, il déclara que son séjour à l'hospice de Bar-sur-Seine, pendant le séjour des alliés, et quelques affaires qu'il avait faites avec eux, étaient la source de cette subite fortune qui se bornait, en définitive, à quelques billets de mille francs.

Pour justifier sa possession de la montre, Jocher répondit ce que répondent ordinairement les gens pris sur le fait : il l'avait eue de rencontre. De qui ? — Il ne se le rappelait plus.

Jocher comptait sur la supériorité intellectuelle du docteur A..., comme celui-ci comptait sur son silence.

Toutefois, on a vu que le médecin avait fini par juger à leur propre valeur ses dénégations persistantes ; il se sentait terrassé par la logique écrasante des faits, par les déclarations si rigoureusement justifiées de l'orfèvre, et il voyait clairement l'issue fatale de l'accusation portée contre lui.

Le paquet qu'il adressait à sa femme renfermait ses adieux.

Dans la lettre écrite au procureur du roi, il se dépouillait de cette robe d'innocence dont il s'enveloppait dans ses interrogatoires. La conviction de son impuissance dans une lutte contre la justice et dans une tentative d'évasion, avait enfin réveillé sa conscience. Le châtiment était plus efficace que le crime. La certitude de l'impunité soutenait cette audace impudique qui bravait les émotions et affrontait les hasards d'une découverte. Mais, comme le colosse biblique aux pieds d'argile, le médecin tomba au souffle de la vérité et de la peur.

Ses adieux à sa femme et ses aveux écrits à la justice dénonçaient clairement l'état de son âme.

Nous laissons deviner les pensées ou les remords qui assaillirent l'assassin en face de ses souvenirs. Il avait les deux pieds dans l'abime, et c'était le bourreau qui allait l'y pousser.

Le bourreau, cet agent infatigable des décrets de la justice, lui apparaissait inévitable comme le destin. Le bourreau, dont le nom, terrible onomatopée, a été adouci et transformé, s'appelle l'exécuteur. Nous serions presque tenté de voir une dérision dans cet euphémisme imaginé. si nous ne nous trompons, par le malheureux Louis XVI ! Pour tout le monde, c'est toujours l'homme d'autrefois dont le contact est une flétrissure pour celui qui la subit, et contagieuse pour la famille. Dans ces deux sentiments, il en est un déplorable, effrayant. Qu'y faire? c'est un préjugé : on n'est pas impunément l'enfant d'un homme ainsi flétri !

Le médecin y songea, et l'idée de se punir pour échapper à la punition, surtout pour soustraire sa femme et ses enfants au déshonneur indirect qui pèserait sur eux, revint à son esprit qui l'avait déjà méditée.

En effet, la justice humaine s'arrête, quand a commencé celle de Dieu.

Le médecin se leva et il demanda aux barreaux de son cachot, à défaut de la liberté qu'ils lui refusaient, le suprême office de le soustraire à l'infamie publique.

Il tira de sa paillasse la serviette qu'il avait gardée à l'insu de son geôlier.

C'était une toile solide et lisse. Il noua une boucle à l'une de ses extrémités, roula le linge en cordeau, puis le disposant en lacet, il l'accrocha aux barreaux du cabanon.

Mais le cœur du criminel défaillit; il recula devant l'exécution de la seule pensée avouable qui l'eut fait battre depuis trois mois.

L'assassin cynique se sentait lâche : il ne pouvait se décider à escompter les quelques semaines qui lui restaient; il avait osé frapper de sang-froid une femme et un vieillard; il avait ricané en face de leurs cadavres, et il suait la peur pour avancer de quelques jours l'inévitable conclusion de ses crimes.

Il retira le lien qu'il avait accroché à la fenêtre, et il le replaça dans la paille.

Le temps fut bien long pour cet homme; il dut expier cruellement la nuit du onze novembre, dans cette nuit du onze février.

Il n'y avait plus là l'excitant qui soutient le soldat en face de l'ennemi, le criminel dans le chemin semé de dangers qu'il parcourt; c'était de sang-froid, dans le silence, sous l'inspiration du sombre désespoir qu'engendrent la réflexion, le remords et l'issue fatale d'un assassinat déféré à une justice implacable dans ses sévérités, qu'il fallait agir. On ne doutera certes pas de la sauvage énergie du docteur A.... On en a des preuves. Ajoutons-en une qui a échappé à notre esquisse de la nuit du 11 novembre. Quand il avait fallu descendre dans la cave de la maison de M. Cappron, le médecin avait tout prévu, même une surprise, même un accident.

Déjà la pensée de se voir flétri par la justice et de déshonorer les siens lui était venue.

Au moment de descendre, il avait dit au tanneur :

— J'ai des varices aux jambes qui peuvent se rompre dans les hasards d'une escalade. Si la fatalité voulait qu'il me fût impossible de te suivre pendant l'expédition, jure-moi de me tuer.

Le complice, après des hésitations nombreuses, le lui avait promis.

— Ce n'est pas tout, avait ajouté le médecin. Tu me trancheras la tête et tu enlèveras mes habits.

. . . .

Jocher s'était récrié.

Le médecin avait insisté pour obtenir l'assurance qu'il sollicitait, et ce n'était qu'après la promesse de son complice, qu'il s'était engagé dans la maison du notaire.

Indirectement révélé aux magistrats, ce détail, d'une résolution si implacable, donna la mesure de l'audace et de la détermination du docteur.

Et c'était cet homme auquel la clameur publique imputa depuis un fait plus horrible encore que le crime : la mort de plusieurs officiers de l'armée ennemie qui lui avaient donné de l'or en dépôt, c'était cet homme, disons-nous, mettant sur le tapis l'enjeu de son existence, en dehors des hasards de l'assassinat, qui tremblait devant l'asphyxie prompte et presque douce tant elle est rapide, qui résulte de la strangulation.

C'est là un des mystères de l'organisation humaine : souvent le courage n'est qu'une question de situation. Dans les plus terribles dangers, l'homme se réserve un hasard comme une espérance. Mais là, il n'y avait plus ni espérance ni hasard; il fallait mourir sous le couteau de l'échafaud, ou mourir étranglé dans les plis de la serviette, point de *peut-être*, cette clé de tant de témérités, point de ces situations électriques qui subordonnent la réflexion à l'élan de l'inspiration.

Après s'être bien consulté, après avoir été jusqu'à la boucle qui devait le soustraire à ses juges, le médecin sentit qu'il ne pourrait pas se résoudre à mourir de sang-froid, sous l'empire d'une pensée généreuse. L'énergie de l'assassin était tombée; il voulait et il ne pouvait pas.

Cinq heures sonnèrent.

Le docteur sembla décider quelque chose. En effet, il frappa à la porte de son cachot et appela le geôlier.

Bientôt son gardien arriva, tout surpris de cet appel matinal.

— Que voulez-vous, M. A...? dit-il.

— Peu de chose, et qui ne mérite pas de vous déranger.

— Qu'est-ce?

— De l'eau-de-vie!

— Oh! oh! vous avez soif de bonne heure, dit en bâillant l'interlocuteur du prisonnier.

— Non, mais c'est une habitude. L'eau-de-vie calme des douleurs auxquelles je suis sujet.

Le geôlier alla chercher un verre plein et il l'apporta au médecin, et pressé de regagner son lit, il se hâta de sortir du cachot.

Nous n'avons pas besoin de dire que les liens attachés aux poignets du détenu n'étaient guère qu'un simulacre, dont le geôlier lui-même n'était pas dupe. Le médecin s'en débarrassa comme plusieurs fois il l'avait fait pendant la journée de la veille.

D'un seul trait, il avala le verre d'eau-de-vie. L'alcool rendit à ce cerveau distendu son ressort habituel. L'excitation succéda aux tristesses de la réflexion. Le docteur reprit la serviette préparée, la fixa solidement aux barreaux, puis, s'exhaussant sur un escabeau, sur quelques objets frêlement équilibrés, il engagea sa tête dans le lacet, repoussa du pied l'échafaudage qui le portait, et il resta suspendu dans le vide. Le lien glissa rapidement par la boucle et étreignit le cou du patient. . . . .

. . . .

A neuf heures le geôlier ouvrait le cabanon.

Un cadavre inerte était suspendu à la muraille, et sa figure hideuse recevait en plein la lumière de la porte.

— Il s'est pendu! dit avec effroi le geôlier; mentalement il ajouta : En résumé, il a bien fait.

Pourtant, le devoir du gardien revint aussitôt à l'esprit de l'individu. Il se hâta de couper la serviette et d'en dénouer la boucle.

Le corps était encore tiède. Il l'emporta sur ses épaules et le déposa sur une chaise, dans la cour, employant ses souvenirs pour orienter quelques secours.

Pendant ce temps, il faisait avertir la justice.

Le procureur du roi, le juge d'instruction, son greffier, le lieutenant de la gendarmerie et un conseiller municipal se rendirent en toute hâte à la maison d'arrêt, et firent appeler les docteurs Guyot, Cherean et Fays, qui essayèrent à leur tour de ramener à la vie leur ancien confrère. Peine perdue, la face et les lèvres étaient livides, et une écume sanglante sortait de la bouche du médecin.

Ce n'était plus réellement qu'un cadavre.

La justice constata minutieusement les détails du suicide, et elle acquit la certitude que les chaînes avaient été mal attachées aux mains. Le geôlier prétendit que l'un des gendarmes avait lui-même enchaîné le prisonnier, mais il omit prudemment de raconter les différents offices qu'il avait rendus au docteur.

Les deux lettres écrites par le prisonnier furent découvertes dans ses poches, et l'on ne garda plus aucun doute sur la connivence tacite de Charles Henry, dans les préliminaires du suicide. Probablement, on la lui fit plus large qu'elle n'était réellement.

Après tout, le mal était sans remède, et le but du médecin se trouvait atteint. Les magistrats, en face d'un corps dépourvu d'existence, n'avaient plus à remplir d'autre tâche que celle d'agir contre le complice.

Elle se simplifiait encore. La lettre du docteur à M. Félix de Noiron, procureur du roi, renfermait une révélation complète et détaillée du crime commis dans la nuit du 11 novembre.

Le compagnon tanneur avait alors une ressource qui n'eut pas échappé à une intelligence plus pénétrante : C'était de décliner sa complicité dans l'assassinat et d'a-

vouer sa participation au vol. Les aveux écrits du sui-
cidé, qui mettaient la partie sanglante du crime à la charge
du complice, eussent contrecarré la thèse. Toutefois, elle
était encore soutenable. Malgré tout, Jocher s'obstina à
nier et à formuler des protestations d'innocence.

On comprend l'impression que produisit le suicide du
médecin, mais désormais le côté dramatique du procès
devant la cour d'assises avait disparu. Il n'y avait plus
qu'un personnage secondaire au lieu d'un premier rôle.

Les aveux particuliers du médecin au procureur du roi,
la lettre adressée à ce magistrat, les adieux du médecin
à sa femme, ne laissaient aucune issue au compagnon
tanneur.

Il comparut devant la cour d'assises de l'Aube, le 3
juin 1815, sous l'inculpation :

D'avoir, dans la nuit du 11 au 12 novembre 1814,
commis volontairement le crime d'homicide, avec prémé-
ditation, sur la personne de M. Cappron et d'Anne Jacquinot, avec vol, de complicité avec plusieurs individus,
à l'aide d'escalade et de violences.

Malgré les préoccupations politiques, malgré les événements qui avaient ramené Napoléon de l'Ile d'Elbe et
chassé à Gand les Bourbons fugitifs, l'attention publique
se concentra sur la conclusion prévue du crime commis à
Bar-sur-Seine.

M. Baron, conseiller à la cour *impériale* de Paris, présidait les débats. M. de la Huproye, président du tribunal
civil de Troyes, MM. Vernier, Corrard et Paillot, juges,
composaient la cour.

Une foule immense occupait l'enceinte et les abords de
la grande salle de l'Hôtel-de-Ville, servant alors de palais
de justice.

Jocher s'assit au banc des accusés, assisté de Me Petit-
Rousseau, le même qui, dans la cause du *Beau Toquat*,
sept ans auparavant, avait plaidé vainement la cause de
la jeunesse, de la beauté et d'une innocence, sinon juri-
dique, du moins proclamée par la voix des contempo-
rains et de la postérité. Cette fois, l'avocat n'avait pas
derrière lui une accusée dont il put évoquer plus tard le
douloureux souvenir.

Jocher avait nié dans l'instruction, dans sa prison, il
nia durant les débats ; il eut nié le soleil.

La seule sensation qu'il fit éprouver, fut celle d'un dé-
goût profond et d'une horreur que les révélations de l'au
dience ne firent qu'augmenter.

Les héritiers de M. Cappron avaient pris un rôle dans
le procès, c'étaient MM. Antoine-Zacharie Simonnot,

mari de mademoiselle Cappron ; Louis-Claude-Hubert Cappron, propriétaire, et Louis-Étienne Cappron, adjudant-major à l'armée impériale. Ils demandaient la restitution des objets et de l'argent volés, ou en argent la valeur, évaluée à 20,000 francs.

Le jury, à la majorité absolue, déclara Jean-Clair Jocher, coupable du double crime dont il était accusé, avec toutes les circonstances qui le caractérisaient.

La cour, appliquant la loi, d'après la déclaration du jury, condamna l'accusé à la peine de mort, qu'il devait subir sur la place du Marché-au-Blé.

Elle ordonna la restitution du billet souscrit par le tanneur de Reuvigny-sur-Ornain, et renvoya, pour le surplus, les parties civiles à se pourvoir devant qui de droit. . . . .

. . . .
Le 19 août 1815, une foule curieuse et avide de ces émotions dont, heureusement, le goût dépravé commence à se perdre, battait de son flot mobile les rues désignées dans l'itinéraire des exécutions. La place des comtes de Champagne, où s'élève la vieille porte romaine, seul témoin impassible du passage de 8 ou 9 siècles, était, dès le matin, envahie. Les fenêtres, le chaperon des murs, les toits et toutes les éminences étaient transformés en galeries qu'occupaient, patiemment résignés aux ardeurs du soleil, un nombre inouï de spectateurs.

Un cri se fit entendre, quand la porte latérale, dernier passage des condamnés, grinça sur ses gonds rouillés.

— Le voilà ! le voilà !

C'était lui, en effet, pâle, éperdu, chancelant, hébété, ne pouvant comprendre un mot de l'exhortation suprême que lui adressait le prêtre.

Comme son complice, en devançant l'heure de la justice, Jocher n'avait plus ni force ni courage ; pour lui, le supplice avait dès longtemps commencé.

Il parcourut avec l'escorte ordinaire, le chemin tracé à la charrette, avançant pas à pas, sous les mille regards qui cherchaient le dernier signe de vie de celui qu'attendait le bourreau. Le misérable ne vit même pas l'instrument de son supplice ; on le porta sur l'immonde plateforme. La bascule le renversa et une exclamation d'horreur apprit aux témoins que justice était faite.

EPILOGUE.

Longtemps, dans la vallée de Bar-sur-Seine, on parla des *Masques Noirs*, et à l'heure qu'il est, il n'est pas un jeune homme auquel son père n'ait raconté cette sinistre histoire. C'est une tradition qui ne semble pas devoir s'effacer, car les moindres détails sont encore gravés dans tous les esprits. Les éléments du procès que nous avons scrupuleusement suivis dans le cours de ce récit, s'enrichissent d'accessoires que nous ne pouvions accueillir.

L'un d'eux, par son caractère étrange et presque fantastique, mérite cependant d'être consigné comme une singularité dont nous n'apprécierons pas la valeur.

Deux jeunes gens, étudiants en médecine, se promenaient un jour de l'été de 1815, sur le quai aux Fleurs de Paris.

Les deux promeneurs, dont l'un est aujourd'hui médecin dans le canton de Bar-sur-Seine, étaient originaires de Bar.

Depuis longtemps ils étaient sans nouvelles de leur famille.

Les imperfections du service de la poste, entravée d'ailleurs par les deux invasions, les préoccupations politiques, les revirements de l'Empire à la Restauration et de la Restauration à l'Empire, les avaient tenus en dehors des événements de leur ville.

Ils causaient joyeusement, quand tout-à-coup l'un d'eux s'écria :

— Vois donc, quelqu'un de Bar ?

Le regard de l'interpellé, suivant l'indication du doigt qui accompagnait les paroles, provoqua une réflexion affirmative.

— C'est vrai !

— Reconnais-tu cette personne ?

— Parbleu ! c'est le docteur A.... de Bar-sur-Seine.

Les deux jeunes gens s'avancèrent spontanément vers l'individu, qu'ils saluèrent par son nom.

Celui-ci recula, et regardant fixement les jeunes gens :

— Vous vous trompez, messieurs, dit-il, je ne suis pas la personne que vous croyez reconnaître.

— A d'autres, monsieur, si nous ne vous avions pas vu si souvent.....

— Et parlé tant de fois....

— Et votre voix même, qui complète nos souvenirs !

— C'est possible, répliqua brusquement l'étranger, mais je vous répète que je ne suis pas celui que vous croyez.

— Voyons, répondit l'un des deux jeunes gens, si vous redoutez de la part de deux étudiants, quelque demande indiscrète, dites-le, c'est nous qui vous offrons....

— Je n'ai rien à offrir et rien à accepter.

La réponse était sèche et péremptoire.

Le personnage continua son chemin, sans ajouter une parole, et se perdit à pas pressés dans les rues tortueuses de la Cité.

Les deux amis ébahis se récrièrent contre l'impolitesse de leur compatriote.

— L'original !

— Tu es indulgent ; c'est bélitre, grossier, butor, qu'il faut dire.

Le premier mouvement de mauvaise humeur passé, ils n'y pensèrent plus Cependant quand il écrivit à sa famille, l'un des étudiants se plaignit de l'accueil qu'il avait reçu du docteur A....

La réponse lui apprit dans tous ses détails l'assassinat, ses auteurs, et leur fin tragique.

— Voyons, dit le destinataire de la lettre, à son camarade, n'est-ce qu'une ressemblance ?

— C'est plus que cela, ou alors il faudrait que le scélérat eût été moulé à deux exemplaires.

— D'autant plus qu'il est impossible de trouver deux hommes portant la trace d'un même accident.

— En effet, j'ai remarqué la cicatrice qu'A..., avait à la figure.

— Des suites d'un coup de pied de cheval; je l'ai reconnue.

— De sorte?...

— Que je persiste dans mon opinion : Le brigand n'est pas mort.

— Nous saurons cela au juste.

Aux vacances de l'école, les deux étudiants revinrent à Bar-sur-Seine, où ils racontèrent leur rencontre du quai aux Fleurs.

Ce bruit parvint jusqu'au parquet, et l'un des deux jeunes gens fut sévèrement admonesté par le procureur du roi.

— Faites de moi ce que vous voudrez, qu'on me jette en prison, je n'en persiste pas moins à maintenir ce que j'ai vu, répondit le jeune homme.

— De façon que vous pouvez penser que le coupable a échappé à la justice.

— Je ne pense rien, je ne conclus rien, je raconte.

Le jeune homme sortit, et comme bien on pense, son étrange rencontre fit naître la pensée d'une substitution et d'une connivence du prisonnier avec le geôlier. On assura même que le corps, enterré au milieu des malédictions de la foule, n'était qu'un cadavre emprunté à un amphithéâtre.

Toutefois cette pensée ne pouvant s'asseoir que sur un échafaudage trop invraisemblablement construit, on replaça l'aventure au rang des similitudes dont les procès de Lesurques et du mendiant de Montlhéry ont fourni les plus terribles exemples.

Nous croyons sans peine que l'on eut raison. L'impossibilité d'une fuite est trop clairement démontrée dans toute la marche de la procédure. Seul, et même secondé par la famille, par les magistrats, que leur intègre sévérité mit dès l'origine hors de cause, le geôlier n'aurait pu faire réussir une fuite.

On put avec quelque vraisemblance croire à la complaisance du geôlier dans l'accomplissement du suicide, mais là devait s'arrêter la vraisemblance.

Encore un détail qui a réveillé l'attention sur le crime commis le 11 novembre 1814.

Le sieur Maître, propriétaire d'un champ, lieu dit le Croc-Ferrand, trouva il y a deux ans, dans la terre, une espèce de long couteau d'une forme grossière et parfaitement semblable à l'un de ceux que l'orfèvre Colomby vit dans le cabinet du jardin de la rue Thierry-Morel.

Rapprochement significatif, ce champ avait appartenu à M. A...., le principal acteur du crime dont on sait maintenant toutes les scènes!

Ce couteau, instrument présumé du crime, attestait, par son oxidation, un très long séjour dans la terre; il est vraisemblable qu'il a joué un rôle dans les événements tragiques de la nuit du 11 novembre 1814.

AMÉDÉE AUFAUVRE.

FIN DES MASQUES NOIRS.

Imp. de F. LEBEUF, à Châtillon-sur-Seine.

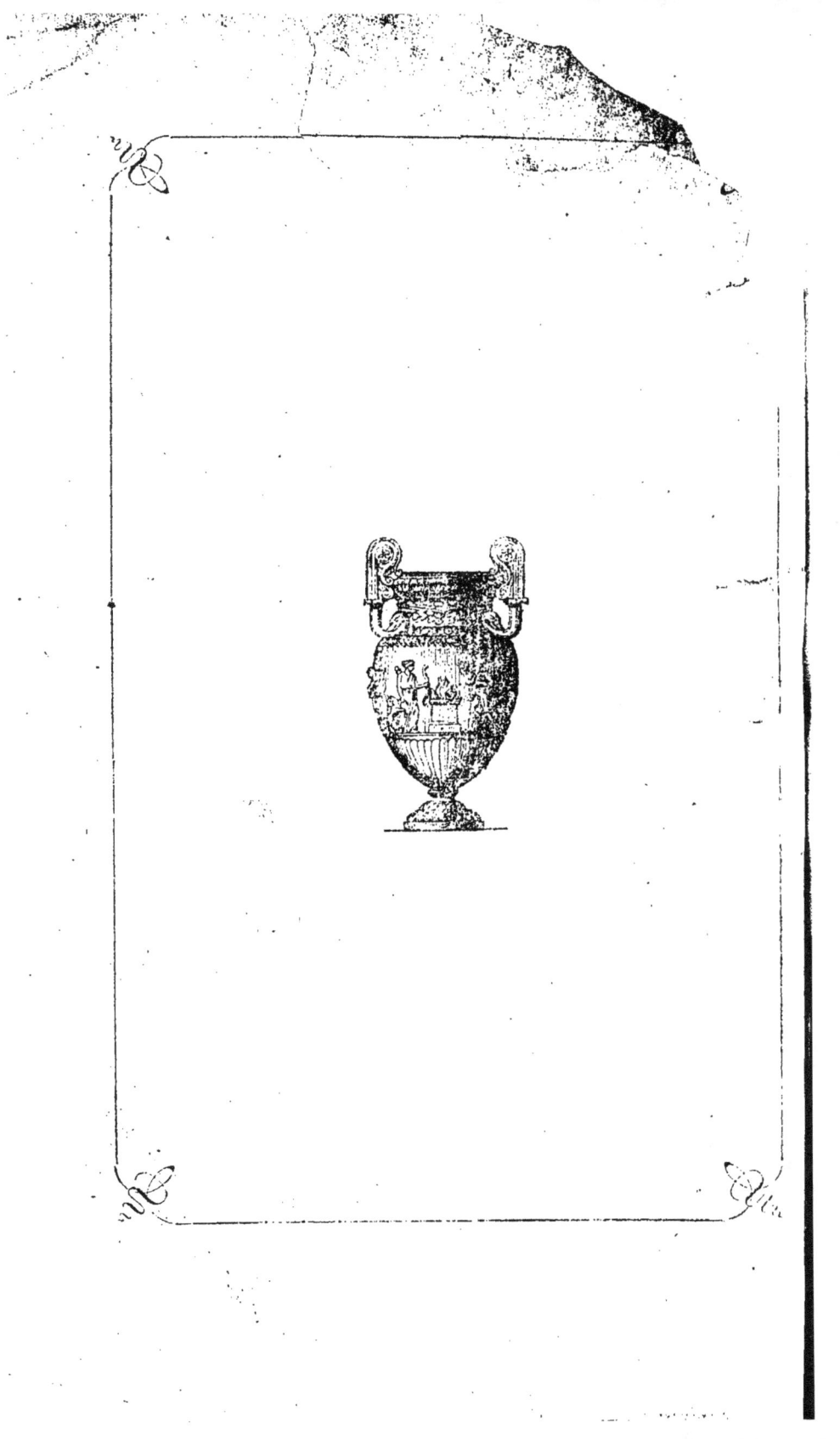

www.ingramcontent.com/pod-product-compliance
Lightning Source LLC
Chambersburg PA
CBHW070806260626
47161CB00006B/2179